とんずら屋請負帖

田牧大和

角川文庫
18195

目次

序　船宿——始

あってはならない報せを持ってちびの源太が戻ってきた時、お昌は船宿『松波屋』の帳場にいた。

夜九つまで、あと半刻ほど。もう一刻もすれば、今夜の裏稼業も首尾よく運んだと聞かされ、すっきり床に就けるはずだった。

真っ青な半べそ顔で「啓治が斬られた」と告げたものの、そこから先がまともな言葉にならない源太を、お昌は叱り飛ばした。

「しっかりおし。お前がここで狼狽えたって、何の足しにも薬にもなりゃしないよ」

十七の船大工見習いは、ぴょこんと跳び上がるようにして、背筋を伸ばした。

『松波屋』の女将は、剛毅にして強欲。おっとり者の主を押しのけ、羽振りの良い船宿を切り盛りしている女傑だ。

永代橋界隈では、もっぱらそう噂されているらしい。

もともと目鼻立ちも体つきも大柄なところへきて、ここ数年、とみに腰回りの肉付きがよくなった。だから、みてくれひとつでひよっ子船大工を脅せるのは、確かである。

それにしたって、二十九の女盛りを捕まえて「女傑」とは、いくらなんでも褒め過ぎだ。

大袈裟に怯える源太をひと睨みし、お昌はきりきりと促した。

「啓治はどうしてる。傷の具合は」

源太は目を白黒させ、忙しなく唇を舐めまわしてから、ひっくりかえった声で応じた。

「へ、へへ、へぇ。右の二の腕を、縦にざっくり。けど、命に別状はごぜぇやせん」

船頭が利き腕に傷を負った。

ひんやりと、肝が冷えたのが分かった。

「櫓は持てるんだろうね」

「弘庵先生の話じゃあ、腕を動かす大事な筋は無事、傷口さえ塞がりゃ、すっかり元通りになるそうで」

「そうかい」

お昌は源太に分からないよう、そっと息を吐いた。

『松波屋』で働く者たちは、番頭から下働きまで皆大切だが、啓治郎は少し訳が違う。

なにしろお昌自身が厳しく仕込んでいる、裏稼業の後継ぎなのだ。

安堵を隠し、源太に顰め面を向ける。

「だったら、そんなに大騒ぎをするこたあないだろう」

「で、ですが女将さんっ。血が、血がどばあっ、と——」

「喧しい」

ぴしゃりと一声、また浮足立ちかけた源太を一旦黙らせてから、お昌は改めて促した。

「なんだって、そんなことになったんだい」

小心者の船大工が、大きくひとつ、喉を上下させてから答える。

「船着き場で、客の亭主に待ち伏せされてたんでごぜぇやす。止めに入った喜兵衛の親爺っさんを、あの野郎、懐に呑んでた匕首で斬りつけやがった。それで、咄嗟に親爺っさんを庇った啓治が」

お昌は、舌打ちをした。

『松波屋』の裏稼業とは、「とんずら屋」だ。

借財が嵩んで首が回らなくなった。

亭主や奉公先の無体に、これ以上辛抱できない。

何かから「逃げたい」と望む者を、なにがしかの──決して少なくはない──金子と引き換えに、逃してやる。

評判の良い船宿が、そんなもうひとつの顔をもっていると承知の上で、お昌が嫁に来たのは十年前の春だ。

以来こんな不始末は、一度もなかった。

「どこから漏れたんだい。まさか、『浜乃湯のお地蔵様』が知れちまったんじゃないだろうね」

「とんずら屋」は、回向院裏の湯屋『浜乃湯』に祀られている小さなお地蔵様を使って、客と繋ぎをとっている。そこを仕切るのは、『浜乃湯』の女隠居で「とんずら屋」最古参、とめという老婆だ。あの古狐が、いい塩梅で目眩ましを施し、町方や物見高い野次馬を煙に巻いてくれるからこそ、繋ぎの『お地蔵様』を使い続けていられる。

それが知れたというのであれば、のんびりしてはいられない。

「そういう訳じゃあ、ありやせん」

お昌の危惧に応えたのは、障子の向こうの静かな声だ。

「啓治かい。お入り」

へえ、と返事をひとつ、するりと障子が開く。落ち着いた顔をした凛々しい若者、啓治郎と、苦々しい面の古株船頭、喜兵衛が揃って帳場へ入ってきた。啓治郎の腕を吊った晒しの白が、痛々しい。

「啓治っ、親爺っさん」

喚いた源太を目で脅しつけ、大人しくさせる。

「女将さん、面目ごぜぇやせん」

喜兵衛がさっと居住まいを正し、畳に額を擦りつけるようにして詫びた。

「親爺っさん、あっしは大したことごぜぇやせんから」

啓治郎が温かい声で喜兵衛を宥め、それからお昌に向き直る。

「怪我は、うっかり気を抜いた、あっしのしくじりでごぜぇやす。ですから、親爺っさんをお叱り下さいませんよう」

　さすがは、あたしが見込んだだけある。十五の若造が刃物で斬られたってのに、大した肝の据わりようだ。

　お昌は内心舌を巻いたが、そんなことはおくびにも出さず、ぶっきらぼうに急かした。

「甘っちょろく庇い合う前に、言うことがあるだろう。客は、どうしたんだい。何が原因で、どうなったのか、きっちり聞かせて御覧」

　啓治郎が言うには、「こちらからの書付は、読んだらすぐに燃やせ」という指図を、客が守らなかったのだそうだ。

　よりによって、落ち合う段取りを記した書付を、「手違いがあってはいけない」と、後生大事にとっておいた。それを、亭主が見つけてしまった。

　すぐに燃やす手筈の書付であろうと、「とんずら屋」と分かる文言は使わない。だから書付を見た亭主は、女房が男と逃げるつもりだと勘違いしたようだ。

「陸」のとんずらを受け持つ韋駄天の源太が、闇に紛れて客を連れ出し、「水」のとんずらを仕切る喜兵衛、啓治郎と落ち合う手筈になっていた船着き場へやってきた。

　そこで待ちかまえていた亭主が、女房めがけて詰め寄った。物騒な気配を察した源太は早々に身を隠したが、喜兵衛が通りすがりを装い止めに入った、という訳だ。

「それで、客と亭主は放ってきたんだろうね」

「へぇ、そりゃもちろん」

水方二人を抑えるようにして、陸方の源太が答えた。

「町方や野次馬に、怪しまれちゃいないかい」

「あっしは顔を出しやせんでしたし、町方にも弘庵先生にも、二人は『通り掛かった松波屋の船頭』で通してやしたから、心配ありやせん」

ふん、とお昌が不機嫌に鼻を鳴らした。

「とんずら」が、少しでもどこかに漏れれば、ご破算。

客がこちらの指図を守らない時も、ご破算。

初めに客と交わす約定だ。

そして、「とんずら屋」側の鉄則は、決して正体を知られないこと。

だから、ひと騒ぎ起きそうだと気付いたところで身を隠した源太が、正しい。

この騒動は、止めに入った喜兵衛、喜兵衛を庇って飛び出した啓治郎、二人の不始末だ。「松波屋の船頭」として振舞おうが、「通りすがり」を装おうが、関わるなどもってのほか。

だが、付き合いの長い喜兵衛も敏い啓治郎も、顔色を見る限り、お昌の言いたいことは分かっているらしい。

書付の扱いを、ひと工夫した方がよさそうだね。

喜兵衛もそろそろ「水方」は潮時、「差配」に回ってもらう頃合いだ。待ち伏せしていたとうしろうの気配に気付けなかったとは。

となると、『松波屋』で「とんずら」に使える者は、この若造二人――他の奉公人は、皆堅気なのだ――だけということになる。いささか危なっかしいが、致し方なし。

お昌はそう思い定めるのみに止め、小言と共に胸の奥に納めた。

「ま、当分、大人しくしてた方がよさそうだ。啓治は、傷がすっかり塞がるまで舟にも乗るんじゃないよ」

話は終わったと、開いていた大福帳に目を落とすことで告げる。

喜兵衛と源太はすぐに従ったが、啓治郎は何やら言いたげな顔で、立ち上がる様子を見せない。

お昌は、啓治郎を促そうとした喜兵衛を目で止め、源太と共に行かせた。

二人の足音が遠ざかるのを待って、啓治郎が切り出した。

「女将さん。明後日なんじゃあ、ごぜぇやせんか」

「弥生の江戸入りかい」

「へぇ」

啓治郎の応えには、悔しさと決心が同じだけの濃さで滲んでいる。

肝心な仕事の前に手傷を負った悔しさと、それでもこの仕事は自分がやるという、決心。

お昌は、にべなく告げた。

「お前一人いなくたって、どうとでもなる」

「けどそれじゃ、佃島からこっちは、誰が仕切るんで」

今から、大層な思い入れだ。気持ちは、分からないでもないが。

苦く笑いながら、宥めてやる。頭ごなしに言いつけても、今の啓治郎は引かないだろう。

「今朝方、鎌倉から報せが来た。弥生は『松波屋』まで送り届けるってね。だから、怪我をしようがしまいが、啓治の出番は無くなっちまったのさ」

ここ半年でめっきり男らしくなった面を、啓治郎は駄々っ子のように歪めた。

まったく、仕様がないね。

「そうしょげなくても、弥生は『松波屋』で暮らすんだ。これからいくらだって、庇ってやれるし守ってやれる」

啓治がまじまじと、お昌を見た。

いつも厳しい女将の柔らかな物言いに、戸惑っているらしい。お昌は顰め面を作って、啓治郎を追いたてた。

「それには、早いとこその傷を治さなきゃいけないだろうって言ってるんだ。いいからさっさと戻って、お休み」

へ、へぇ。

どぎまぎと返事をし、どこか嬉しそうに、啓治郎も帳場を出て行った。

静けさが戻った部屋で、煙管に煙草を詰め、火を点ける。

弥生が、くる。

お昌は、噛み締めるように考えた。

姉、八重の一人娘。

本陣を拝命する旅籠の娘と、近江小国の跡継ぎとの間に生まれた子。

来栖家当主の血を引きながら、当主の座を狙う者から逃れ、鎌倉の東慶寺でひっそり生を受けた姪。

尼寺しか知らないまま育った弥生は、もう十二だ。

どんな娘なのだろう。

優しい顔で微笑む八重姉さんに似ているのだろうか。それとも、目許涼しげだった若様の面影が強いのだろうか。

少しは、自分と似ているところもあるかもしれない。

お昌の出自――姉が八重だという事は、念入りに隠してある。少しは弥生に、のびのびと過ごさせてやれる。それも楽しみだ。

懐かしさと、まだ見ぬ姪の愛おしさに和んだ目許を、お昌は引き締めた。

今度は、しくじらない。

八重と弥生が東慶寺から出られなくなったのは、まだ若かったお昌がたった一言、うっかり口を滑らせ、敵方に知られてしまったのが原因だ。

その時お昌は、自分が母子を追手から逃してやると、心に決めた。

その為に、裏で「とんずら屋」を営むこの船宿へ嫁に入り、「仕切り」見習いとして働き始めてすぐ、気付いた。

「とんずら屋」は、思っていたよりも大きな一味であること。

ひとつの隠れ処(が)には、一人からせいぜい三人ほどしかいないが、箱根(はこね)や東慶寺のある鎌倉松岡(まつがおか)を始め、仲間はあちこちに散らばっていること。

皆、普段は堅気として暮らしているが、一騎当千の腕利き揃いなこと。

そして。

自分が「とんずら屋」になるだけでは、恐らく八重と弥生は、救えない。

逃げ出した者がそのまま逃げ延び、平穏無事に暮らすには、「とんずら屋」の手腕だけでは心許ない。

ましてや八重たちの敵は、当主の座を得るために、血を分けた者まで葬ろうとする奴らだ。

一度逃げおおせたからと言って、安心とは限らない。二人がまた他へ逃げなければならなくなった時、「とんずら屋」がすぐに手を差し伸べられる訳ではない。

お昌は、腹を決めていた。

多分自分は、弥生を猫っ可愛がりするだろう。

可愛いからこそ、目先の危うさをおしてでも、弥生には、先行きのための大きな力を与えてやる。その為に呼び寄せるのだ。

　それには、あの啓治郎が恰好(かっこう)の助けになる。

「とんずら屋」に助けを求めようとした矢先、一家皆殺しに遭った生き残りの子。

　入れ違いで、その一家の頼みがお昌の許に届けられたことが切っ掛けで、お昌は裏稼業の跡取りを見つけた。

　その跡取り、啓治郎は、死なせてしまった妹と同い年の弥生に、今から酷(ひど)く肩入れしている。

　守ってやれなかった妹の代わりに、弥生を守る、と。

　ちょっと訳があって匿(かくま)ってやることになった姪だ、と告げただけなのに、啓治郎は持ち前の鋭さで、何か察しているらしい。

　いずれ様子を見て、少しずつ弥生の背負うものを打ち明けてやってもいいかもしれない。

　お昌と啓治郎の想いの芯(しん)は、同じなのだ。

　今度こそ。

　あたしと啓治郎、どっちの方が弥生に甘くなるか、張り合うことになるような気がするよ。

　一度引き締めたはずの目許を、お昌は再び綻(ほころ)ばせた。

第一話　松岡——駆込（かけこみ）

一

波の音が、響いている。

低く、穏やかに、同じ調子で。途切れることも、大きく乱れることもなく。

ずっと近くで暮らしていたのに、弥生は十二になって初めて海を目の当たりにした。

波音は、不思議と心地よかった。強い潮の香りも嫌いじゃない。出汁（だし）をとった後のふやけた昆布の匂いにちょっと似ているけれど。

自分の考えが可笑（おか）しくて、こっそり笑ってみる。

「面白いものでも、見つけた」

小声の問い掛けに、弥生は振り返った。

「仙太（せんた）さん」

こっそり寝床を抜けだして波見物に来たのを、気付かれたらしい。慌てて立ち上がろうとした弥生に、仙太郎は悪戯顔で、「しっ」と人差し指を唇の前に立てて見せた。弥生の傍らに腰を下ろす。

打ち寄せる波の音に合わせて、とくん、と胸が跳ねた。

「この辺りにいれば、大丈夫」

ふたつ歳上の仙太郎はどんな時も、こうして柔らかな声で囁く。その響きが耳に心地よくて、弥生は返事をするのも忘れ、聞き入ってしまう。

「何を見て、笑ったの」

重ねて訊かれ、今度は答えに詰まって黙りこんだ。海の匂いと昆布が似ているなんて言ったら、馬鹿にされないだろうか。弥生が迷っているうちに「そうか」と、仙太郎が呟いた。

「弥生ちゃんには、初めて見聞きするものばかりだもんね」

「うん」

だって、嘘じゃないもの。

ほっとして頷きながら、胸の裡で言い訳をする。海だけではない。生まれて初めて寺を出た弥生には、何もかもが珍しく、楽しいことばかりだ。

「舟の揺れで、気分が悪くならなかったかい」

「平気」

「すごいや。おいらが初めて海に出た時は、次の日の朝飯も喉を通らなかったのに」

「そうなの」

驚いて訊き返した弥生に、仙太郎は笑って頷いた。

「もしかしたら、弥生ちゃんには、おいらより船頭の才があるのかも知れないね」

急いで、夢中で頭(かぶり)を振る。月明かりに照らされた青白い仙太郎の横顔が、寂しそうに見えたのだ。

船頭にあこがれてるのは、仙太さんなのに。

海を眺めていた仙太郎が、だしぬけに弥生に振り向いた。穏やかな横顔を盗み見ていた弥生は、どぎまぎと目を逸(そ)らす羽目になった。

「弥生ちゃんの船頭姿、可愛いだろうなあ。きっと評判の娘船頭になるよ」

「そんなこと」

「そうだ。大人になったら、二人で組んで舟を操ったらどうだろう」

弥生の心は、浮き立った。なのに、返事が出来ない。浮かれ過ぎて変に思われたら、どうしよう。

「引っ張りだこ、間違いなしだ」

仙太郎が楽しそうに呟いたので、弥生もやっと「そうね」と応じた。

「きっとだよ。いつか、そうだ、両国(りょうごく)の花火にでも繰り出そう。見物客を乗せた船がごった返す隅田(すみだ)川の上を、すいすいと、鮮やかに進むんだ。弥生ちゃんもおいらも、揃って『松波屋』の名物船頭さ」

普段は大人びた仙太郎のはしゃぎようが、弥生にはくすぐったかった。

波が、明るい月の光を細かく弾いている。

今が夜で良かった。

弥生は、火照った頬を掌でこっそり冷やしながら、画でしか見たことのない、空を焦がすという紅の花火と、凜々しい船頭姿の仙太郎を思い浮かべた。

*

身体の芯を直に震わす低い音で、我に返る。

晴れた夜空に茜色の火花が散った。

先を行く大きな屋形船に近づきすぎたことに気付き、弥生は急いで竿を川底に差した。ゆっくりと舳先を左へ逸らせる。船尾で櫓を操っている啓治郎が、こちらを見ている。低い屋根の上を越えて背中に届く視線が少し痛かった。

今の自分は、船宿『松波屋』の船と大切な客人を預かる船頭、弥吉だ。呆けている暇はない。

「申し訳ございやせん。お話に花火の音が被さっちまって――」

男声を装い、客の話を聞き逃したのを花火のせいにして詫びを入れる。川面を彩る船提灯にほんのりと照らし出された女たちの顔が、ぱっと華やいだ。屋根船に乗り込んでいるのは、上等な単を涼しげに着こなした女ばかりの五人客だ。内儀が三人と若い娘が二人、芝居見物仲間なのだという。

「おや、いい声だこと」

「細くて柔らかいのに、周りが騒がしくても綺麗に通るのね。今日の役者たちに見習わせてやりたいくらい」

弥生の詫びを余所に、内儀二人が楽しげに言葉を交わしている。もう一人の内儀が艶の滲む目つきで船頭姿の弥生を見た。糊の利いた手拭いを吉原被りにして月代のない束髪を隠し、丸に『松』を染め抜いた藍半纏は、啓治郎と揃いだ。すんなり伸びた脚には浅葱の股引と、下ろしたばかりの草鞋を履いている。

「立ち姿も品が良いし。船頭にしておくのは、心底勿体ないわね」

こういう話は、どうにも苦手だ。

「はあ、こりゃどうも」

歯切れ悪く答えると、内儀たちは一層上機嫌になった。

「まあ」

「可愛い」

啓治郎に眼で助けを求めても、知らぬ振りを決め込まれた。内儀の一人が喉で笑いながら、ようやく話を戻した。

「大層骨が折れたって話ですよ。啓治さんと弥吉っつぁん、『松波屋』名物の色男二人が操る船を頼むのはね」

　ここは詫びるべきなのか、礼を言うのがいいのか。考え込んだ弥生に代わって、啓治郎が女客をあしらった。

「そいつは、お手間をとらせちまって面目ねぇ。これに懲りず、どうぞまたご贔屓に」

　ころころと、内儀たちが笑った。

「こんな眼福にあずかれるんなら、骨の一本や二本、いつでも折りますよ」

「ねえ」

　全く悪びれない様子で微笑んでいる啓治郎の男らしく整った顔立ちに、娘二人が見惚れている。普段は無口で無愛想を気どっているが、いざとなったら、啓治郎の客あしらいはそつがない。助かった、と胸を撫で下ろす一方で、どうせならもっと早くに助け船を出してくれてもいいものを、とも思う。

　どぉん。

　一際大きな花火が、上がった。

　宙に散った紅の光が、隅田川の水面に映って揺れる。

　女たちは空を見上げながら、弥生と啓治郎の船の扱いを褒めちぎっている。少ない揺れ、眺めのいい船の進め方、両国の花火見物は幾度もしたけど、なかなかこうはいかない。さすがは、『松波屋』名物の船頭さんたちだ。

　船の扱いを褒められるのは、見てくれを良く言われるのと違い、素直に嬉しい。

だが、今日は少しだけ切なかった。

――きっとだよ。いつか二人で組んで、『松波屋』の名物船頭になるんだ。

世の中は、女が船頭をやれるほど甘く出来てはいなかった。歳を重ねるにつれ、弥生はそのことを身に沁みて悟った。だから、「弥吉」が入用になった。仙太郎の言葉を叶えるためだ。なのに。

仙太郎は、今どこで何をしているのだろう。

二

翌日、弥生は一人で猪牙舟を操り、両国橋近くへ来ていた。隅田川の東岸、両国橋より少し川上の藤代町に舟を着け、陸に上がって柳の木の下に腰を下ろす。

『松波屋』主、市兵衛の湯屋への送り迎えは、もっぱら弥生一人の仕事だ。今日に限って付き合うと言った啓治郎を、弥生は振り払ってきた。

――船の上でぼんやりするなんざ、お前ぇらしくねぇぞ。

昨夜、戻るなり啓治郎に叱られたばかりで、ばつが悪かったのだ。喧嘩でもしたのか、と行きの舟で市兵衛にからかわれたのも、決まりが悪い。

――お前もつれないねぇ。啓治は詫びたかったんじゃないのかい。

「だから気まずいんじゃないの、叔父さん」

船頭姿に構わず、娘言葉でぼやく。

客を乗せているのに、考え事に現を抜かして他の船に少し近づき過ぎた。あれくらいなら、他の船頭たちにはよくあることだ。取り立てて騒ぐほどのことでもない。現に、あの場で気付いたのは啓治郎一人だった。だが弥生にとっては、頭を抱えるほどのしくじりだ。

悪いのは自分なのに、厳しく言い過ぎたの何のと啓治郎に詫びられては、かえって弥生の身の置き場がなくなる。

「おい、お前。あの猪牙の船頭だろう。急いで出しておくれ」

高飛車な調子で声を掛けられ、弥生は振り仰いだ。身なりの良い商人風の若い男が弥生を見下ろしている。右目の端の大きな黒子が、妙に気障に映る。弥生は立ち上がり、頭を下げた。

「あいすいやせん。他のお客さんをお待ちしておりやすところで」

「そんな客、うっちゃっておしまい。舟代は弾むよ」

返事を待たずに、勝手に猪牙に近づこうとする。弥生は男の前を塞いだ。頭半分高いところにある顔を、正面から睨み据える。

「先客があると、申し上げておりやす」

皮肉な笑いを、男が浮かべた。こめかみがひくひくと動いている辺り、笑っている程、内心のゆとりはないようだ。

「いい度胸じゃないか。女みたいにひょろりとしたちびの癖をして」

「試してみやすかい。ちびだろうが痩せだろうが、船頭の腕っ節を舐めちゃあいけねえ」

強気に笑って言い返す。こういう、理不尽で手前勝手な奴は大嫌いなのだ。

女だてらの稼業は、素人の喧嘩くらいなら軽く往なせるだけの身ごなしを、弥生に覚えさせてくれた。

竿を使うか、川に落としてやろうか。

じっくり思案していると、男が拳を振り上げた。

いつでも伏せて避けられるよう、弥生が身構える。往なされた男が踏鞴を踏んだところで背中をちょいと押せば、隅田川へどぼんだ。

弥生が息を詰めた時――。

「野暮はお止し下さいまし、旦那」

男の手首を捻り上げ、言葉だけ丁寧に割って入ったのは、啓治郎だ。

「あ、いたた。お放しよ、放せったら」

ぽいと、ぞんざいに啓治郎が掌を開いた。男が手首を押さえて蹲る。

「腕が折れちまうじゃないか」

振り仰ぎざま喚いた声が、怖気づいたように萎んだ。

すらりと引き締まった大柄な体軀、整った顔立ち、切れ長の眼、全てで「ものすごく怒っているぞ」と伝えている腕っ節の強そうな船頭に見下ろされては、無理もない。

ごくりと、男の喉が大きく鳴った。

「こいつの舟には、ご贔屓さんの先約がございやす。どうぞ、他をおあたりくだせぇ」

静かに、にこりともせず、啓治郎が慇懃に告げる。男は気を呑まれた様子だが、立ち上がる気配がない。ふっと、啓治郎の口許が綻んだ。怒りの気配は少しも弱まっていないだけに、かえって恐ろしい。

「何でしたら、あっしの舟にお乗りになりやすか」

途中で水の中に放り出されそうだな。

男も、弥生と同じ考えに至ったらしい。弾かれたように立ち上がり、上背のある啓治郎を大廻りで避けるようにしながら遠ざかる。

「まったく、客を何だと思ってるんだ」

上擦った声で憎まれ口を残し、男は逃げ出した。

「客になってもらった覚えは、ねぇぞ」

啓治郎の大真面目の呟きが可笑しかった。弥生の顔色を探るような視線に気づき、急いで浮かびかけた笑みを引っ込め、代わりに顰め面をつくる。弥吉の物言いで不平をぶつけた。

「おいら一人で大丈夫って、言わなかったかい」

「聞いたような、気もするな」

それより先に、言わなきゃいけないことがあるだろう。頭ではそう思っても、一度張ってしまった意地は、そうあっさり引っ込められるものではない。弥生は咬(か)み付いた。

「じゃあ、なんで啓治がここにいるんだ」

「胸騒ぎがして、追いかけてきた。弥吉――」

「『昨日はきつく言い過ぎた』なんて詫(わ)びたりしたら、ぶん殴るぞ」

言葉を遮って睨みつけた啓治郎の顔は、あの若い商人よりも高いところにあった。ついさっきまで厳しかった相方船頭の顔が、困ったように笑み崩れる。

甘やかし過ぎだ。弥生は、いつものように考えた。

あれくらいの叱責なら、船頭同士の日常茶飯事だ。性質(たち)の悪い客の一人や二人、軽くあしらえなければ、船頭なぞやっていられない。

なのに、啓治郎は弥生を心配する。

他の船頭(おとこ)たちと同じように叱ったら、傷つきはしないか。

一人で出掛けた先で、何か厄介事に巻き込まれてはいないか。

あの男とやり合った拍子に、怪我でもしたら一大事だ。

目の前で微笑む男の考えが、手に取るように分かる。

そして、弥生は途方に暮れるのだ。

弥生の背負うもの、啓治郎の生い立ちと弥生に向ける心情。そっくり勘定に入れてなお呆(あき)れるほど心配性な啓治郎と、うっかり甘えてしまいそうになる自分を目の当たりにして。

一度寄り掛かれば、きっと抑えが利かなくなる。少し何かあっただけで啓治郎を頼るようになって、啓治郎や大切な人たちを巻き込み、危ない目に遭わせ――。

縁起でもない考えを頭の中から追い払い、弥生は踵を返した。一人で頭を冷やしたい。

「どこへ行く」

「旦那様のお帰りが遅い。ちょっと様子を見に行ってくる」

「付き合う」

啓治郎に、こちらの意図はまるで通じない。

がっくりと肩を落とした弥生に、啓治郎は「何だ」と訊いた。

「なんでもない」

傍らに肩を並べた啓治郎を見ずに呟く。

「さっきは、ありがとう」

つい、弥生の物言いになったのが余計に甘えているようで、厭気がさす。気のせいか嬉しそうな啓治郎にも腹が立ってきて、弥生は回向院裏へ向かう足を速めた。

船宿『松波屋』は、伊勢崎町の仙台堀端にある。市兵衛は回向院裏の湯屋『浜乃湯』を贔屓にしていて、わざわざ弥生の舟で出掛けて行く。もっとも、船宿の切り盛りは、女房で弥生の叔母、お昌が一手に引き受けているので、主が遠出をしても長湯をしても、不都合はなかった。湯屋の客と「碁を一局」、ということもあり、待たされるのは弥生も慣れっこではあったが、今日は少しばかり遅すぎる。

両国橋の東の袂、元町から回向院の脇を抜け、角を曲がると、丁度『浜乃湯』から市兵衛が出てきたところだった。

啓治郎と二人、駆け寄って声を掛ける。

「旦那様」

「おや、少し待たせ過ぎてしまったかい」

背は高からず低からず、どこといって目を引くところのない市兵衛の顔には、人の良い笑みが浮かんでいる。つやつやとした肌は火照りがすっかり収まっているから、風呂から上がって久しいのだろう。

「何ぞ、ございやしたか」

低く訊いた啓治郎に、市兵衛が悲しげな溜息を吐いた。

「誰が荒らしたのか知らないが、『浜乃湯』さんのお地蔵様が、荒らされちまったんだよ」

啓治郎と弥生は、顔を見合わせた。

『浜乃湯のお地蔵様』は、「とんずら屋」とその客を繋ぐ、たったひとつの縁だ。

それを承知の奴の仕業か。

弥生が、早口で促した。

「それで」

「うん、前掛けが盗まれたそうだよ。一体何にするつもりで、あんなものを盗んだんだろうねぇ」

呟くなり、市兵衛が「さあ、帰ろうか」と歩き出してしまったので、その話は一度仕舞いになった。

帰り途、弥生は風と水の音に紛れて市兵衛に訊いてみた。啓治郎の舟はすぐ後ろを付いてきている。

「お地蔵様の前掛けですが」

「何、心配はいらないよ」

市兵衛の返事は、至って呑気だ。弥生は、啓治郎へ振り返りたい気持ちをじっと堪えた。

三

弥生と啓治郎が『松波屋』の帳場に顔を出したのは、夜更け四つ半のことだ。ごちゃごちゃと散らかった帳場では、お昌と源太が待っていた。お昌気に入りの煙草の、香ばしいような、きな臭いような匂いが、弥生を包む。

ゆったりした佇まいで煙管をくゆらせるお昌を、船大工の源太が、ちらちらと盗み見ている。源太は『松波屋』お抱えの船大工で、修繕の腕は確かなものの、気が小さくておっちょこちょい、「間違って莢から飛び出し、慌てまくっている弾き豆のようだ」と、しょっちゅうからかわれている。啓治郎でさえ、大真面目な顔で「どこまで転がっていくのか、試しにつついてみたくなる」なぞと呟くことがあるくらいだ。

「弥生ちゃん、啓治ぃ」

余程、お昌と差し向かいが息苦しかったのだろう。二人を呼んだ源太の顔は、殆ど泣きべそだ。

「源太」

「馬鹿野郎」

早速、お昌と啓治郎に声を重ねて叱られた。『松波屋』の弾き豆は、首を竦めて「じゃなかった、弥吉」と言い直したが、二人の眦はつり上がったままだ。

弥吉がお昌の姪っ子の弥生だということは、『松波屋』の者は皆心得ている。お昌自身が選び抜いた船頭たちは、揃って弥生の腕前を認めているから、女というだけで辛く当たったり陰口を叩く者はいない。

それでも弥生が「弥吉」として振舞う訳は、二つある。ひとつは、弥生が江戸へ出てきてから暫くして起こった騒動だ。女船頭への世間の風当たりの強さを、弥生とお昌は思い知った。もうひとつは、弥生を狙う血族の目を眩ますためだ。

源太も、弥生の血筋こそ知らされていないものの、女であることを隠さなければならないのは、先刻承知だ。いわば、身内しかいない場での「うっかり」なのだが、お昌も啓治郎も容赦がない。

「弥吉、笑ってねぇで、助けてくれよぉ」

弥生は苦笑を噛み殺し、煩方二人の矛先を源太から逸らしてやった。

「女将さん、お呼びと伺いやした」

「仕事だよ」

帳場でお昌に「仕事だ」と言われれば、それはとりもなおさず「裏」、とんずら稼業ということになる。

啓治郎がお昌に訊いた。

「今回は、どちらへ」

「松岡」

甘酸っぱい懐かしさが、弥生の胸に広がった。生まれてから十二まで育った処。静かな鎌倉の山中にある、母の住まう尼寺。松岡御所——東慶寺。

「ちょいと訳ありでね。急ぎだよ」

お昌の厳しい声に、はっとした。要らぬ物思いを急いで胸から追い出す。

お昌が弥生を見て、「よろしい」とばかりに笑った。

「客は松川町の呉服問屋、近江屋の跡取り息子、藤五郎」

懲りない源太が、「ひえ」と妙な声を上げた。

「野郎を松岡へ、ですかい」

「急ぎの仕事だって言ったろう。下手な軽口で話の腰をお折りでないよ」

お昌に叱られ、瞬く間にくるりと縮まる。

藤五郎は妹のおぬいを東慶寺まで逃がして欲しいと、頼んできたのだという。

近江屋は老舗の呉服問屋だが、この頃商いがどうも芳しくない。そこへ、通りを南へ挟んだ鈴木町の商売敵、泉屋が縁談話を持ってきた。当代の主が興した新参の呉服問屋だ。

——うちの染三郎の嫁に、おぬいちゃんをいただけませんかね。老舗で手堅い近江屋さんと新し物好きの泉屋、手を組めば怖いものはありませんよ。

外面が良く、口舌の滑らかな泉屋に、近江屋夫婦は丸め込まれてしまった。けれど、すぐに人を信じる二親の危うさ、泉屋父子の腹黒さを幼い頃から目の当たりにして育ってきた藤五郎は、泉屋の狙いが他にあることを見抜いた。

成り上がりで扱う物がどうしても薄っぺらになりがちな泉屋は、京の呉服問屋とも付き合いがあり、腕のいい仕立て人を抱えている近江屋を乗っ取るつもりだ。

泉屋の持ち掛ける「派手な商い」に舞い上がっている二親は、いくら藤五郎が窘めても聞く耳を持たない。「いじわる染三郎に嫁入りするのは嫌」と言い張るおぬいを、とうとう蔵へ閉じ込めてしまった。このままでは、近江屋は泉屋に身代を盗られ、おぬいも不幸せになる。かといって、親に逆らえば藤五郎もおぬいも勘当、悪くすれば罪に問われる。子は親に、嫁は亭主と舅に、奉公人は主に従うのが、世の習いだ。

藤五郎は蔵の風窓越しに、妹に言い含めた。

おとっつぁん、おっかさんの目を覚ますためには、もうこれしかない。おぬい、お前、二十と四月、尼寺で辛抱できるかい。

おぬいはすぐに答えた。

――あいつのお嫁になるくらいなら、一生尼様と暮らすほうが幾倍もましよ、兄さん。

鎌倉の尼寺、東慶寺は、家康公が直々に「駆け込みの寺法」を認めたという逸話の残る「駆け込み寺」だ。女からの離縁が叶う唯一の手立てが、東慶寺へ駆け込むこと。尼にならなくても、東慶寺は亭主との間に入り、話を収めてくれる。こじれても、足かけ三年、都合二十と四月の間、寺で御勤めを済ませれば離縁が整う。それは許婚の間柄であっても同じだ。

近江屋の兄妹は、東慶寺へ助けを求めると決めた。だがそれには、まずはおぬいを蔵から救い出さなければいけない。悪賢い泉屋の眼も気になる。

「そこで、『浜乃湯』のお地蔵様にお供えがあった、という訳だ」

お昌は結んだ。

『浜乃湯のお地蔵様』の頭巾、笠の裏、お供え物でもいい。

氏素性に逃げたい訳や払える金子、委細を記した書付を隠しておく。十日のうちに前掛けが新しくなっていれば、それが「とんずら屋」の承知の合図。客が仕込んだのと同じものに、繋ぎの取り方を隠す。

お昌が、鼻を鳴らした。

「草の調べじゃ、染三郎ってのはどうしようもない性悪の馬鹿息子さ」

草とは、「探索方」の呼び名だ。遊び半分や町方の探索、商売敵の罠ではないか。何か偽っていないか。金子は確かに用立てられるのか。手際良く、事細かに調べ上げる。草が誰なのか、弥生も啓治郎も知らされていない。草を使えるのは、「とんずら屋」元締めの市兵衛のみである。

「近江屋兄妹と泉屋の馬鹿息子は幼馴染でね。人柄は勿論、手習い、遊び、商いの才、馬鹿息子は今も昔も、藤五郎に敵わない。おさまらない腹の虫を、妹に向けようって魂胆なのさ。自分の女房にゃ何をしてもいいって、考えてやがる」

容赦ない言葉の割に、お昌の語り口は淡々としている。表と裏、ふたつの稼業一切を仕切るお昌は、義理や人情では動かない。見合う金さえ出す相手なら、大抵はどんな経緯を抱えていてもとんずらを引き受ける。だから、今度の松岡へのとんずらも、店と妹の先行きを案じる藤五郎の心根に打たれた訳でも、おぬいを哀れんだ訳でもない。藤五郎が充分な金子を払えるから、お昌は動いた。

こんな時、弥生は何とも言えない込み入った気持ちになる。

近江屋兄妹の経緯を思うと、自分たちが動くことになって心底よかったと思う。もし金子が足りなかったら、どうなっていたのだろう。お昌が「うん」という金子は、決して少ないものではない。藤五郎は無理をして用立てたのではないだろうか。

それに比べ自分は、お昌の姪というだけで、身ひとつで助けてもらった。今度のとんずらよりももっと難しく、危ない道のりだったろうに。

「弥吉。どうかしたかい」

静かに訊かれ、弥生は項垂れていた顔を上げた。お昌の強い瞳とぶつかる。

「いえ、なんでも」

要らぬ迷いは命取りになる。幾度もお昌に叱られていることだ。

——自分が楽をしたと思っているなら、その分しっかり客を助けておやり。うちにはその腕で返してくれりゃいい。

弥生が「とんずら屋」の仲間入りをする時、お昌が弥生に言った言葉だ。

私が、間違いなく逃がしてあげるから。

強く決心することで、弥生は埒もない迷いにけりを付けた。

「急ぎってことは、海廻りですか」

訊いたのは啓治郎だ。お昌が頷く。

「おぬいが蔵から抜け出しゃあ、二親にすぐに知れる。こっちの目論見を二親と泉屋に知られる前に、けりを付けたいね」

厳しい顔で呟いてから、お昌は段取りをざっと語った。

「陸方」の源太は、隅田川へ続く堀までの仕事だ。夜の闇に乗じておぬいを蔵から舟の待つ堀へ連れ出す。

そこから松岡への道のりを、「水方」の弥生と啓治郎が仕切る。途中休めるとしたら山越えの前と横浜湊くらいだろうか。「とんずら屋」が持つ道のりの中でも、一、二を争う厳しい道筋だ。佃島で一泊したのが違うくらいで、六年前、弥生が松岡から江戸へ出たのとそっくり逆を辿ることになる。

お昌に正面から見据えられ、源太がぴょこんと居住まいを正した。

「お前の手際が肝心だよ。どれだけ時を稼げるかで、啓治と弥吉の背負い分が違ってくる」

源太が、泣きそうな眼を、あちらこちらへ彷徨わせた。

ちょっと見には、すぐに狼狽え慌てるから、かなり危なっかしい。だが、蓋を開けてみれば、その実身軽で韋駄天、目端が利く。気が小さい分、仕事は確かで丁寧。あわわ、ひぇえ、と半泣きになりながら、やることはきっちりとこなす、面白い男だ。

詳しい手筈を摺り合わせた後で、弥生はお昌に切り出した。

「『お地蔵様』が、気になります」

まあね、と答えたお昌はどっしりと構えている。

「どこぞの罰当たりが何を間違えたのか知らないが、新しい前掛けは『承知の合図』ってだけだ。繋ぎの仕込みはしないから、あれを盗ってかれても、こっちの腹は痛くも痒くもない。婆様の話じゃ、新しい頼みが仕込まれてた様子もないってことだから、心配はいらないよ」

「そう、ですか」

弥生は、微かな胸騒ぎを無理やり抑え込んだ。「仕切り」は、お昌の役目だ。弥生が口を挟むことではない。

お昌が、膝頭をぽん、と叩いた。

「それより、近江屋のとんずらが大事だよ。取っ掛かりは明日の夜更けだ。三人ともよく休んでおおき。くれぐれも表稼業がおろそかにならないようにね」

「大丈夫か」

帳場を出、お昌から遠ざかったところで、啓治郎が弥生に訊いた。

「何が」

「骨の折れる仕事になる」

「初めての道筋って訳じゃない」

「でもな」

「煩いな」

心配してくれるのは嬉しいが、余計な女扱いは御免だ。船頭として、「とんずら屋」の一味として、啓治郎に半人前だと思われているような心地になる。苛立ちを隠さずに、啓治郎を見上げて告げた。

「手に余る仕事なら、最初から女将さんはおいらを呼びやしない」

似たような言い合いはしょっちゅうだ。弥生を見下ろす啓治郎の瞳も、変わらない。なのに、弥生だけがいつまで経っても慣れない。心配してくれる啓治郎に苛立ち、この瞳で見つめられてどぎまぎする。

弥生がやせ我慢をしていないか見透かし、それでも心配なのだと告げてくる。そして、言い出したら聞かない弥生に諦め、いざとなったら自分が一切引き受ける、と心に決める。

啓治郎の瞳の色は、少ない口数の分おしゃべりだ。

それじゃだめなんだってば、啓治さん。

弥生は胸の裡で啓治郎に訴えた。

巻き込みたくない一心で肩肘を張っているのに、啓治郎は肩肘を張った弥生ごと包みこもうとする。

自分がどれほど強くなれば、どれだけしっかりすれば、啓治郎は安心してくれるのだろう。巻き込まずに済むくらい、自分と間合いを取ってくれるのだろう。

弥生はなんだか哀しくなって、啓治郎を見上げた。

「こんな夜更けに、色男二人揃って、何の内緒話だい」

ふいに割り込んだのは、聞き慣れた若い男の声だ。しっとりした深い響きに、浮ついた物言いがまるで似合っていない。啓治郎が顔を顰めた。不機嫌な視線を弥生の肩越しに投げつける。

「若旦那」

弥生が振り返るより先に、笑いを含んだ声がお決まりの軽口を、耳元で囁く。

「女遊びの算段なら、是非私も混ぜておくれな」

ただの挨拶代わりに聞こえるほど、聞き飽きた悪ふざけだ。弥生は、弥吉の振舞いで傍らに立っている男に応じた。

「明日の仕事の算段を付けていただけでございやす。吉野屋の若旦那」

京で評判の呉服問屋『吉野屋』の跡継ぎ、進右衛門。何が気に入ったのか知らないが、舟と船頭、宴や座敷の都合を付けるのが生業の船宿に、わざわざ居付いている若旦那だ。

進右衛門に限らず、古馴染や贔屓の求めに応じて、時には『松波屋』も宿屋の真似事をするが、これほどの長逗留客は他にない。

この若旦那にも、一応「江戸見聞」という名目はあるらしい。だが、奉公人たちの間では「金持ちの親に甘えて、遊び歩いているだけ」ともっぱらの評判だ。歳は弥生の二つ上で啓治郎の一つ下、上背は啓治郎よりほんの少し低いくらいだが、形の良い瞳に長い睫毛、撫で肩に色白の肌。江戸言葉こそ板についているが、どこから見ても育ちのいい「上方の坊ちゃん」だ。

もっとも啓治郎に言わせれば、優男然とした振舞いや軽口が「信用ならない」のだそうだ。

けれど。

弥生の心の裡を、何かがざらりと撫でた。

時々、思うのだ。

ぼうふらよろしく、ふらふらしている振りで、時折するりと間合いを詰めてくるのは、何か目論見があってのことではないか。

弥生は、急いで啓治郎との遣り取りを思い返した。

大丈夫。怪しまれる言葉は、口にしてない。

啓治郎も、弥生と同じ危惧を抱いたようだ。丁寧に頭を下げながら、厳しい眼差しで進右衛門の顔色を確かめている。

張り詰めた気配に気づかないのか、京生まれの若旦那は、呑気に自分の姿を眺めおろした。

「なんだ、つまらないねぇ。せっかく家から新しい小袖を送ってきてくれたのに。どうだい、これなら吉原の太夫だって感心するだろう。何しろ今日の問屋仲間の集まりでも、大層褒められたんだ」

確かに、渋めの銀鼠に、深い緑で入れられた細かな縞が上品で粋、進右衛門の顔、はんなりした振舞いによく映えている。仕立てもよさそうだ。

そうそう、と進右衛門が思い出したように呟いた。

「その集まりで、感心しない噂を聞いてねぇ。鈴木町の呉服問屋が地廻りとつるんで、えげつない手で商売敵を蹴落としているらしい。なかなかねちっこくて、一度目を付けられたら厄介だって評判だよ。何と言ったか、ええと。そうそう、『泉屋』だ」

弥生が止める間もなかった。啓治郎がずいと弥生と進右衛門の間に身を入れた。

「何故、そんな話をあっしたちになさるんで」

殺気だった啓治郎を軽く往なして、進右衛門は笑う。

「何故って。問屋仲間の噂話を思い出しただけだよ。『吉野屋』には関わりがないけれど、江戸に出店を持っている処は、他人事じゃあないってね」

やれやれ、おっかない。

進右衛門は肩を落としてぼやいた。

「啓治郎ときたら、ちょっと艶めいた話をするとすぐに目を吊り上げる。はいはい。遊びに行く算段じゃないなら、退散するとしましょうか」

ひらひらと手を振って、進右衛門は奥へ戻っていった。

「弥吉。あの男にゃ、気をつけろ」

啓治郎が唸る。

分かってる、と答えながら、弥生は進右衛門の背中を見送った。

四

ひょっとこ面で顔を隠した源太に連れてこられたおぬいは、目を丸くしていたものの、怯えてはいなかった。狐面の弥生とおかめ面の啓治郎を見ても、物怖じする風でもなく、「御手間をおかけします」と頭を下げ、するりと猪牙へ乗り込んだ。

元々肝の据わっている娘なのか、東慶寺を頼ると決心したことで度胸がついたのか、いずれにしても弥生たちにとっては、手が掛からない分有難い。

「窮屈でしょうが、しばらくご辛抱を」

啓治郎に促され、おぬいが舟の真ん中辺りに伏せる。ちんまりと丸まったおぬいを筵で隠し、弥生たちは面を額へ上げた。源太と頷きあってから、静かに舟を出す。九つ前に佃島に着かなければ厄介だと思っていたが、源太の手並みはいつも通り鮮やかで、急がずに行けそうだ。

月のない闇夜、舟を操るのは舟尾の啓治郎だ。櫓一本で舟を進め、舵を取る。弥生は舳先に腰を落とし、おぬいが顔を出さないよう筵を手で押さえながら、川の流れを間近で読む。弥生の合図が啓治郎の大きな頼りになる。

「少しおしゃべりしてもいいですか」

筵の下のおぬいが、無邪気な囁き声を上げた。辺りを見回し、「小さい声なら構いやせんよ」と応じてやる。

よかった、と嬉しそうに呟いたおぬいは、よくしゃべった。

まずは「ひょっとこさん」――源太の軽業師顔負けの身ごなしを、褒める。それから、いかに蔵の中は窮屈か、兄がどれだけ頼もしいか、に話は移り、やがて泉屋の息子の人となりに行き着いた。

「染三郎って、本当に厭な奴なんです」

明るかったおぬいの声が、影を纏った。

染三郎はいつも卑怯な手を使って、藤五郎の邪魔をする。明るみに出かかると父親が出てきて揉み消す、の繰り返しだ。そしてそのたびに藤五郎の目を盗んで、おぬいを憂さ晴らしの的にした。

人形を壊されたり、馬の糞をぶつけられたりはしょっちゅう。大きな犬をけしかけられた時は、転んでひざ小僧を深く切り、暫く足を引きずって歩く羽目になった。いいつければ、染三郎の仕返しが酷くなるだけと分かっていたから、辛抱するしかなかった。

「今までは兄さんが庇ってくれたけど、お嫁に行ったらそうもいかないでしょう。染三郎の奴、『嫁に来たら、御端仕事から始めるんだよ。使えるようなら奥女中に格上げしてやるが、そうじゃなければ食い扶持は自分で稼いでもらうぞ』、なんていじわるを言うんです」

邪気のない調子で語られた台詞に、弥生はぞっとした。おぬいが言葉の意味を分かっていないようなのが、せめてもの救いだ。

染三郎は、自分の女房に「身を売って稼げ」と言っているのだ。

女を守るために存在る東慶寺で生まれ育った弥生は、男たちの理不尽が許せない。酷い男に、こんないい娘さんを渡す訳にはいかない。

「あの嫌味で気障な目尻の黒子も、大嫌い」

何気ないおぬいの呟きに、ぎくりとした。

『浜乃湯』近くで弥生と揉めた男の人相が浮かぶ。あの男は、急ぎだと言っていた。お地蔵様を荒らしたことに気付かれ、急いで『浜乃湯』から遠ざかりたかったのではないか。

「そいつの黒子は、右目の端の大きなやつですかい」

「どうして、知ってるんですか」

おぬいの声音に怯えが混じった。

「いえ、知っちゃいません。そんな気がしただけで」

慌てて答えて後ろを見ると、闇の中、啓治郎が小さく頷いた。

お地蔵様を荒らしたのが、あの黒子の男だったとしたら。それが染三郎だとしたら。

とんずら屋が動いていると、泉屋父子は見当をつけている。

啓治郎が、大きく櫓を漕いだ。ぐん、と舟足が速さを増した。

五

川の揺れと海の揺れは、違う。漁船に換えて海へ出た途端、弥生と啓治郎で念入りに潮の流れを読んでなお、おぬいは酷い船酔いを患った。無理をして佃島を出たものの、横浜湊へ着くまで辛(つら)い目に遭わせてしまった。

やつれたおぬいを少し休ませてから、大岡(おおおか)川を遡(さかのぼ)る。海で調子を崩したのが祟(たた)ったか、川でもおぬいは胸やけがするようだった。人の眼のある横浜湊から先は面を使えず、弥生と啓治郎は目深に被(かぶ)った笠(かさ)でおぬいから顔を隠した。氷取沢(ひとりざわ)村まで辿(たど)り着いたところで、夜明けを待ちがてら再び休みをとることにした。

幾度か使ったことのある、村はずれの炭焼き小屋へ潜りこむ。おぬいは、水を一口、二口飲んで、すぐに横になった。焦げや灰の臭いが胸やけには辛いだろうが、辛抱してもらうしかない。

夜更け、おぬいがよく眠っているのを確かめて、弥生は小屋の外へ出た。戸の横では、見張りを買って出た啓治郎が腰を下ろしている。傍らに座ると、啓治郎は弥生を見ずに囁(ささや)いた。

「少し眠っといた方がいい」

「大丈夫」

本当に無理はしていないと伝えるつもりで、敢えて素の声で答えた。ちらりと弥生の横顔を見てから、啓治郎が正面に向き直る。

月のない夜空は、星の数が違う。深い藍の空に瞬く無数の小さな光は、花火とは違った穏やかな美しさがある。

「星がきれいだ」

弥吉の声で呟くと、啓治郎が「ああ」と応え、言い添えた。

「月明かりがない方が、とんずらにも都合がいい」

「野暮な奴」

「余計なお世話だ」

啓治郎の低い声に、柔らかな笑いが滲んでいる。

心地良い静けさが、弥生を包んでいた。心地が良いのは、静けさだけじゃない。啓治郎の気配がすぐ側にあるからだと、すぐに気付く。

自分に兄がいたら、啓治郎のようだったのだろうか。

顔を出した弱気を振り払うように、弥生は話を変えた。

「おぬいさん、随分辛そうだな」

「しかたない。追手がかかったら、ことだ」

啓治郎が、身も蓋もない物言いをした。弥生は言葉を重ねた。

「一人きりで、心細いだろうに」

「お前ぇこそ、江戸へ出てきた時は心細かっただろう。おんなじさ」

　またた。弥生はこっそり溜息を吐いた。せっかく、気丈なおぬいを褒めることで甘ったれの自分を叱るつもりでいたのに、啓治郎はこういう時に限って、弥生に飛び切り甘くなる。

　ひょっとして、わざとやってるんじゃないか。臍曲がりの考えが頭をもたげ、弥生は言い張った。

「おいらを守って連れ出してくれたのは、身内みたいな人たちだ。素性も分からない男たちに任せるしかないおぬいさんとは、訳が違う」

「あの娘は、あっちに着きゃ安心できる。お前ぇは着いてから今日まで、気の張り通しじゃねぇか。そっちのがよっぽどしんどいさ」

　泣きそうだ。

　弥生は慌てて星空を見上げた。

「そうでもない」

　ようやく音になった呟きが湿っていないことに、ほっとする。啓治郎の視線が、横顔に当たっているのが分かった。

「だって、叔父さん叔母さん、それに啓治やみんながいてくれた」

　小さな間の後、いきなり啓治郎の腕が弥生の首を乱暴に抱え込んだ。松波屋の船頭同士でふざけ合う時に、よくやることだ。啓治郎は楽しげに、低く笑っている。

「暑苦しいじゃないか」

なんだか照れくさくなって、弥生はぶっきらぼうに文句を言った。

おぬいの具合はあまり良くならなかったが、日の出前に炭焼き小屋を出た。すぐに山越えだ。弥生が先頭に立ち、おぬいを背負った啓治郎が続いた。おぬいはぐったりと目を瞑ったきりで、間近の啓治郎の顔を覗かれる心配がなかったのが、おぬいには申し訳ないが怪我の功名だった。傍目には獣しか通らないように見えて、周到に選んだ道だ。

弥生も啓治郎も、足取りに躊躇いはない。

建長寺に差しかかった辺りから、弥生の胸が軋み始めた。

景色や風情ではない。頬が風の肌触りを、鼻が緑の匂いを覚えている。懐かしさは、一歩近づくごとに濃くなった。

前にこの道を通ったのは、いつのことだったろう。幾度ここへ来ても、それが「とんずら屋の弥吉」としてである限り、生まれ育った寺に足を踏み入れることはできない。懐かしい人々にも会えない。切なさばかりが、募っていく。

鬱蒼と茂る木々の間から、物見櫓が覗き見えた。

御所だ。

東慶寺は今の院代、法秀尼が治めるようになってから、瞬く間に寺法、役所、縁切りの手続きが整えられていった。今では、ただ「逃げ込んだ女を匿い、離縁させる」だけの寺ではない。女の身内、亭主方を呼び出して話を聞き、寺法に則って裁きをつける。幾枚もの細かな証文が交わされ、証人が立てられ、裁きに従わない者に備える。時には力ずくで決着させようと考える不心得者も出るから、表御門と中門の間に置かれた寺役所には、常に男手が配されている。

　ただ、その全てが女の側に添って動くことは、今も昔も変わらない。優しい人たちが暮らす、静かな寺。

　弥生は、軽く頭を振って自らを叱った。

　自分の里心は後回しだ。

　東慶寺の東、浄智寺の前におぬいと啓治郎を残し、弥生一人で近づく。物見遊山客に紛れて辺りを窺ってみるが、怪しい人影はない。浄智寺まで戻って「今のうちに」と告げる。おぬいが小さく頷いた。弥生と啓治郎は、歩き出したおぬいを少し離れた後ろから見守った。これから二年の覚悟を決めているのか、おぬいの足取りはゆっくりとして、確かだ。

　表御門の前に着いた。

　深々と頭を下げ、表御門をくぐる。

　弥生も見知っている寺役人が、おぬいに声を掛けた。

　二言三言、言葉を交わしてから、役人は御門内側の寺役所を指した。

　——おや、縁切りの駆け込みかね。

——近頃の若い娘は、辛抱が利かないよ。

通りすがりの男二人連れが、おぬいを眺めながら言い合っている。

口さがない遣(や)り取りが耳に届いているだろうが、おぬいは振り向かない。

寺役人が奥の役所へおぬいを連れ、引っ込んだ。見物人が、あっさり済んだ「駆け込み」に拍子抜けの顔で離れて行く。

弥生だけが、動けなかった。

表御門の外から覗ける石段の先、中門の向こうは、弥生の生まれ育った処(ところ)だ。弥生を慈しんでくれた法秀、尼僧たち、そして母がいる。

「いくぞ」

そっと、啓治郎が弥生を促した。

ああ、と力を入れて返事をすることで、弥生は未練を振り切った。

おぬいの駆け込みを見届けてから、弥生と啓治郎は寺役所裏門の隣にある『柏屋(かしわや)』へ向かった。東慶寺御用宿を務める一方、副業で饅頭(まんじゅう)屋を営むという、一風変わった商いをしている。

東慶寺に駆け込んだ女は、即入寺、離縁という訳ではない。まずは役所預かりとなり、実家と嫁ぎ先、双方を呼び出し、それぞれの言い分を聞く。寺役所が間に入り、互いに頭を冷やすことで元の鞘(さや)に収まるならそれに越したことはないし、亭主方が離縁状を書くなら、「内済離縁」が整い、女は晴れて「独り身」に戻る。決して短くはない歳月を、厳しい修行の日々に費やさずに済む。話がこじれるようなら、二十四月を寺で過ごすことによって、「寺法離縁」が整う。

　ことが収まるまで、女や縁者の面倒一切を見るのが、御用宿だ。『柏屋』は、「とんずら屋」の出店のひとつでもあり、東慶寺もそのことを承知している。「逃げたい」と思う女の多くは、東慶寺を目指す。いわば人気のとんずら先で、その折には必ず、『柏屋』が大きな役割を担う。

　おぬいの駆け込みも、あらかじめ『柏屋』へは報せが来ていて、じきに手筈通り、『柏屋』へおぬいが預けられることになるだろう。

　通された『柏屋』の帳場は、欄間や掛け軸、さりげなく活けられた野の花、隅々まで小綺麗に洒落ていて、『松波屋』の帳場と同じほどの広さなのに、まるで趣が異なっている。

「御苦労だったね。聞いていたより、随分早かったじゃないか」

　二人に少し遅れてやってきた品の良い撫で肩の男が、弥生と啓治郎におっとりと微笑みかけた。『柏屋』主、孝左衛門だ。啓治郎が応じる。

「少し気になることがありやして、お客様に御無理を強いちまいやした」

「気になること、とは」

　弥生と啓治郎は顔を見合わせ、頷き合った。『浜乃湯のお地蔵様』が荒らされたこと、その下手人が泉屋の息子、染三郎らしいことを、弥生がかい摘んで伝える。

『『とんずら屋』が動いていると、泉屋が感づいているってことだね」

「はい」

孝左衛門は少し考えてから、ふんわりと笑んだ。

「『とんずら屋』までは察しても、源太が陸でへまをするとは思えないし、お前たち二人が急いだとなれば、後を追える奴はまずいまい。嫁入り前から駆け込む女は珍しいから、松岡は思案の外のはず。泉屋父子は寺役所の呼出状を受け取って、初めておぬいさんのとんずら先を知る、と。さぞ地団太を踏むことだろうね」

楽しげに語ってから、孝左衛門は面を引き締めた。

「江戸から、泉屋父子はなかなかの性悪だと、報せが届いている。出しぬかれ、『許婚の駆け込み』なんて恥をかかされたとあっちゃ、内済が纏まるかどうか」

孝左衛門も弥生と同じ危惧を抱いていた。ひと騒ぎ、あるかもしれない。

啓治郎が「やれやれ」という顔で弥生を見てから、孝左衛門に申し出た。

「成り行きを見届けさせていただいても」

「気の済むだけ手伝っておいき。『柏屋』が関わる以上、松岡が無事にことを収めるまでが、仕事だからね」

六

おぬいの父と兄の藤五郎が、町名主と共に『柏屋』へ入った。駆け込みをしでかしたおぬいを叱るのではと、弥生ははらはらしながら見守ったが、近江屋は疲れた笑顔で娘を労(いた)わった。藤五郎から経緯を聞いて目を覚ましたようだ。

親子三人で手を取り合う姿を、弥生は少しだけ羨(うらや)ましく眺めた。

次の日の午(ひる)、騒ぎが起きた。御所の門前にある御用宿『松本屋』だ。派手に言い争う声が、『柏屋』まで聞こえてくる。啓治郎と弥生は、裏口からそっと表へ回って様子を見た。

『松本屋』の古株の手代と若い男が、店先で押し問答をしている。

「お客さん、お待ちを」

「許婚にちょっと会いに行くだけだと、言っているじゃないか。邪魔をおしでないよ」

「ですから、寺役所の御許しなしに、お会いにはなれないのでございますよ」

弥生は、啓治郎に囁(ささや)いた。

「啓治、あいつ」

「ああ」

右の目尻(めじり)に大きな黒子(ほくろ)。『浜乃湯』の近くでやり合った男だ。

やっぱり、あれが泉屋の染三郎か。

「ごちゃごちゃと、煩いね。宿屋のくせに、逗留客に盾突くつもりかい」

あの時と同じ高慢な物言いに、弥生は顔を顰めた。手代もむっとした顔になって言い返す。

「手前どもは御用宿にございます。無法なお客人をお止めする務めがございます」

染三郎が、言葉に詰まった。

「無法とは、御挨拶だね」

染三郎によく似た声が、手代に応じた。癇性な足取りで『松本屋』から姿を現したのは、酷薄な顔立ちの初老の男だ。

「尼様の手を煩わすことはない。内々の揉め事は、内々で収めると言ってるんじゃないか。行儀の悪い娘をわざわざ連れ帰って、嫁として躾をし直してやろうというんだよ。有難がられこそすれ、どこにも咎めだてされる筋合いはない」

息子の不躾な物言いは、父親譲りらしい。

抑えようのないむかつきと共に弥生が考えた時、店から出てきた孝左衛門がおっとりと割って入った。

「まあまあ、少し気を鎮めて下さいまし」

「お前さんは——」

泉屋が、眦を吊り上げて訊いた。

「手前は、お前様たちが乗り込もうとしておいでの、宿の主でございます」

息を吹き返し、嘲るように鼻を鳴らして何か言おうとした染三郎を、孝左衛門は視線ひとつで黙らせた。

「ここはひとつ了見していただいて、改めてお役所で御存分に訴えられましたら、いかがです」

孝左衛門の品のいい笑みが、出し抜けに凄味を纏った。

泉屋父子が、一歩下がる。

「野暮な騒ぎは、そちらさんの商いにも響くのではございませんか。噂が広がるのは、あっという間にございます。名高い東慶寺に無法を仕掛けたとなれば、女性は揃って眉を顰めることでございましょうね」

「染三郎、戻るぞ」

孝左衛門を遮って、泉屋が踵を返した。慌てて染三郎が父の後を追う。息を詰めて見守っていた、二つの店の奉公人や通りすがりの見物人、あちらこちらから溜息が零れた。

『松本屋』の手代が孝左衛門に礼を言っているのを見届けてから、弥生と啓治郎は『柏屋』へ戻った。

近江屋の部屋をそっと確かめると、藤五郎が怯えるおぬいを宥めていた。青い顔をして黙りこくっている父親の目は、とんでもないところへ大切な娘を嫁にやるところだったと、言っていた。

始まった寺役所のお調べでの泉屋父子は、初めから強気を通り越して喧嘩腰で臨んだ。

「離縁なぞ認めない。一旦許婚と呼び合った上は、是が非でも嫁にもらう。でないと、商いの信用にも関わる」

この一点張りで、話し合いは一向に進まない。挙句、「たかが田舎の尼寺の寺法なぞ知ったことか」と口にして、付き添いの町名主に慌てて窘められる始末だ。東慶寺の寺法は蔑ろにできないと知るや、次は大声で喚き散らした。

――三年だろうが、四年だろうが、出てきたら覚えているがいい。どこにも嫁に行けなくなるような目に遭わせてやる。

弥生は、お調べの様子を控えの小部屋から覗かせてもらったが、泉屋父子の悪口雑言を聞いているうちに気分が悪くなってきて、すぐに役所から離れた。

同じようなお調べが幾日も繰り返され、寺役人もうんざりし始めたころ、弥生と啓治郎は孝左衛門に呼ばれた。相変わらず綺麗に整い、香まで薫かれた帳場に入るなり、孝左衛門がさらりと切り出した。

「あの父子、ちょっとばかり痛い目に遭って貰わないといけないかもしれないねぇ」

かといって、手足の一、二本折るだけじゃあ能がないし、火に油を注ぐことにもなる。

ううん、困った。

啓治郎も弥生も二の句が継げないでいるうちに、孝左衛門の話は勝手に進んでいく。

「あの」

弥生がようやく口を挟むと、孝左衛門がにっこり微笑んだ。

「何かいい知恵はないかい、弥吉、啓治郎」

戸惑った弥生が啓治郎を見遣ったところへ、孝左衛門に江戸から急ぎの文が届いたと、報せが入った。

ざっと目を通した孝左衛門が、楽しげに目を細め、文を二人に見せてよこす。

『今宵御所表御門ノ御警固、取分留意ノ事』

流麗な筆跡は、見間違えようがなかった。

文を覗きこんだ啓治郎の眦が忽ちつり上がる。

「渡りに船というものじゃないか、船頭さん方」


闇に紛れて、気配が動く。

数は定かでないが、泉屋父子の他にもいるのは確かだ。何やら言いたげな啓治郎を目顔で黙らせ、弥生は息を詰めた。

「止まれ。ここが松岡御所と知っての狼藉か」

闇の中、寺役人の鋭い誰何に、薄ら笑いの声が答えた。

「尼様方に無体をしようというのじゃあ、ございませんよ。手前どもを出し抜いてこっそり寺の内へ逃げ込んだ、お転婆な娘をお返し頂くだけでございましてね」

「黙って通してくれりゃあ、痛ぇ目に遭わずに済むって話だよ」

続いたのは、伝法な銅鑼声だ。

「分かったら、さっさとそこをどき――」

鈍い音と共に、柄の悪い啖呵が途切れる。

「何しやがる」

「止まれと言っているのに、聞かぬからだ」

落ち着き払った声で、門番がやり返した。

「野郎」

銅鑼声が、殺気だった。

啓治郎が止めるより早く、弥生は『柏屋』の表口の脇、天水桶の陰から飛びだした。

進右衛門の言葉が思い出される。

――鈴木町の呉服問屋が地廻りとつるんで、えげつない手で商売敵を蹴落としているらしい。

泉屋父子はきっと、江戸からその地廻りを呼び寄せたのだ。門を守る寺役所は、腕に覚えのある者が揃えられているが、やくざ者が出張ってきたとなると、気は抜けない。

「せっかくだが、ここの御門を守るお役人様は、お飾りじゃあございやせんよ」

門番と睨み合っている一団が一斉に弥生を振り返った。

地廻りたちに紛れ、泉屋父子の姿が見える。狼藉者の肩越しに、弥生は門番と小さく頷き合った。

「まったく、お前ぇは気が短けぇ」

すかさず追いかけてきた啓治郎に叱られ、肩を竦めて見せる。

僅かな緩みを狙ったか、染三郎が表御門に向かって駆けだした。

門番に足を払われ、不恰好に地べたに転がる。

蟾蜍のような声が合図になった。

御所方と地廻りが入り乱れる。

弥生と啓治郎を足止めする間に、幾人かが表御門に向かった。

弥生を庇いかけた啓治郎を、鋭く促す。

「おいらは良いから、門だ」

ほんの僅かためらってから、啓治郎は走った。

「待ちやがれ、この野郎」

啓治郎を捕えようとした男の脛を、弥生が身を低くして力任せに蹴飛ばす。男の身体が小さく宙に浮き、どさりと落ちた。

啓治郎が、表御門に辿り着いた。手にした心張棒を、頭上から身体の脇、四方八方へ振り回し、門に集まる地廻りを追い払っている。

これで門は、安心だ。

役所から加勢が二人加わったことで、地廻りも東慶寺方に押され気味になっている。

弥生は、急いで泉屋父子を探した。

ここで捕らえれば、役所から寺社奉行所へ突き出してもらえる。性質の悪い父子を黙らせることができる。

そそくさと逃げ出そうとしている二つの影を、すぐに見つけた。

逃がさない。

弥生は夢中で追いすがった。

「弥吉ッ」

啓治郎の切羽詰まった叫びに、振り返る。

常夜灯の灯りを受けて、白銀の光が煌めいた。

匕首だ。

山のような大男が、短い刃を弥生に振り上げていた。

すべての動きが、のろのろとして見える。

大男の手足が、出し抜けに止まった。

ぐるりと、白目を剝く。

弥生が呆気に取られている前で、大男は首の後ろを押さえ、弥生に向かって、どう、と倒れた。

見通しの良くなった先に、怒り顔の啓治郎がいた。手にした心張棒は、真ん中辺りで折れている。

「気を抜くな」

低く呟きざま、大男を殴り倒した心張棒の切れ端を弥生に放る。

軽く受け取り、捻りを加えて、『松本屋』に逃げ込もうとしていた染三郎めがけて投げつけた。

短い棒は、きりきりと回りながら、風を切り、地面近くを這うように飛んだ。狙い通り、染三郎の脹脛に絡む。

優男のひょろりとした身体が前のめりに転んだ。

ほっとしたのも束の間、

「舐めやがってッ」

地廻りが、次々に匕首を取り出した。身構えた寺役人たちも、肩で息をしている。

啓治郎が、弥生を背に庇った。

「どちらさんも、お静かに。騒ぎはここいらで仕舞いにしていただきやしょうか」

耳慣れない声が凛と響いた。男のものだ。居合わせた全ての耳目が、声の主へ向く。

見知らぬ男に、地廻りたちが凍りついた。

一体、何者だ。

目を凝らした刹那、男の後ろの闇が動いた。提灯の灯りに、確かに見覚えのある悪戯顔が浮かび上がる。

軽い眩暈が、弥生を襲った。

「おや。思いがけない色男たちと、ひょんなところで行き合うもんだねぇ、松波屋の船頭さん方」

「若旦那(わかだんな)」

進右衛門が、飛び切り明るい笑顔で弥生と啓治郎を見比べた。

「あれはね、この辺りを取り仕切る親分さんの懐刀だよ」

孝左衛門の計らいで、『柏屋』へ上がり込んだ進右衛門は、打ち明けた。啓治郎の逗留(とうりゅう)部屋で酒盃(しゅはい)を傾けながらのことだ。

鎌倉界隈(かいわい)を手広く仕切る、仁義に篤(あつ)い地廻りの噂は江戸にも届いていた。提灯と羽織の紋だけで、そそくさと逃げ出すくらいには、恐れられているのだそうだ。

気配そのままの冷たい声で、啓治郎が訊(き)いた。

「一体全体、どういう仕掛けなのか、教えていただきやしょうか」

啓治郎の苛立(いらだ)ちと怒りなぞ素知らぬ顔で、進右衛門がしれっと答える。

「八幡(はちまん)様門前の居酒屋で管を巻いていた泉屋父子を、ちょっと唆(けしか)けたのさ」

進右衛門は、女房に駆け込まれた亭主の振りで、泉屋父子に近づいた。東慶寺への文句にかこつけ、さり気なく出鱈目(でたらめ)を耳に入れ、焚(た)きつけたのだそうだ。

『柏屋』に逗留している若い娘が、役所の手続きを一切すっ飛ばして、こっそり寺に入る算段をしているらしい。そうすればもう手は出せないと踏んでいるのだろうが、約定破りに約定破りで応じるのに、何の不都合があるものか。御所だ何だと言っても、頼りない寺役人の他は、女ばかり。男手を集めて踏み込んでしまえば、止めようがない。

楽しそうに、進右衛門が続ける。

「東慶寺が『御所』と呼ばれるゆえんも、連綿とこんな寺法が守られている訳も知らないものだから、その気になって江戸から地廻りを呼びつけたって訳さ。もの知らずってのは、いやだねぇ」

探る眼で、弥生が質す。

「なぜ、若旦那がそんな真似をなすったんです」

「『泉屋』に絡まれてる呉服屋仲間に、泣きつかれたんだよ。ほら、私は悪知恵が働くだろう。調子に乗って、恐れ多くも将軍家御声掛かりの尼寺に踏み込もうとしたんだ。『この騒ぎがお上の耳に入ったら、無事では済まない』って、さっき仕上げに一声脅しておいたからね。今頃店を畳んで江戸から逃げ出す算段をしているかもしれない」

大威張りで言われては、弥生は苦笑するしかない。だが啓治郎は手を緩めない。

「それにしても、上方生まれの若旦那が、この辺りを仕切る親分さんとお知り合いとは驚きやした」

「そりゃあ、私の人徳ってもんさ。助かったろう、怪我をする前に騒ぎが収まったんだ」

確かに、と呟いた弥生を、啓治郎が咎めるように見た。ゆっくりと目を伏せ、進右衛門が深い声で呟く。長い睫毛がやけに目立っている。

「それより、『松波屋の稼ぎ頭』が二人揃って、こんなところで油を売ってることの方が、奇妙だって気がするけどね」

啓治郎が、物騒な空気を纏った。

「啓治」

弥生は、急いで啓治郎を宥めた。分かってる、という目で啓治郎が弥生を見返した。

「遠出のお客さんを乗っけてきたついでの、物見遊山でございやすよ」

惚けた言葉に、しっかり殺気が乗っている。ふうんと啓治郎に応じた進右衛門は、どこ吹く風で盃を傾けている。

進右衛門は、何者なのだろう。

京の呉服問屋、吉野屋の総領息子。ぼうふらみたいに江戸でふらふらしている、金持ちの倅。綺麗な顔をして、腹の裡が読み切れない男。

どの言葉も、しっくりこないような気がする。

隠したいことを、敢えて暴くつもりはない。けれど、せめて敵方とは、何も関わりがなければいい。

ふと浮かんだ願いにも似た思いつきに、弥生は自身でうろたえた。

裏

『浜乃湯』の二階で、『松波屋』主の市兵衛は、いつもの相手――「とんずら屋」の「草」と碁を打っていた。賑やかな客たちのざわめきが、遣り取りを隠してくれている。

ぱちりと、硬く響く音を立て、盤に黒石が置かれる。市兵衛が碁笥から白石をひとつ、つまみ上げた。

「泉屋さんは、あっさり雲隠れしちまったそうです」

「草」が、ちょっとした噂話の物言いで告げた。

「うん。そうだってね」

「お陰で、近江屋のお嬢さんは寺入りせずに済んだってぇ訳ですが、もう少し踏ん張れなかったもんですかね。泉屋の性悪父子も存外腰ぬけだ」

不服そうな「草」に、市兵衛が笑い掛ける。

「こじれた方がよかったって口振りじゃないか」

「草」が、盤から市兵衛へ顔を上げて、言い返した。

「近江屋のお嬢さんが寺入りとなりゃあ、送り届けるのにかこつけて、弥生お嬢さんは里帰り出来た。旦那だって女将さんだって、そのつもりでいらしたんでございやしょう」

市兵衛は、戻ってきた弥生の寂しそうな顔を想い出し、そっと息を吐いた。

「これぱかりは仕方がないよ。あの娘もそれは承知しているさ」

そりゃあそうですが。

弥生贔屓のこの男は、不服顔だ。市兵衛は、するりと話を逸らした。

「『吉野屋』の若旦那の動きは、どうだい」

「未だ、御国許へ報せを入れちゃあおられないようで」

「ふうん。そう」

「どう、いたしやすか」

「暫く、様子を見よう」

ぱちりと、白石を碁盤に置いてから、市兵衛はにっこりと笑った。

「使い様によっちゃあ、あのお人は弥生の大きな助けになる」

第二話　鐘ヶ淵——往還

一

夏の名残のよく晴れた日、堀の交わる白魚橋の袂で、男姿の弥生が操る猪牙を一人の客が呼び止めた。三十そこそこの男で、一筋の乱れもない儒者髷、意志の強そうな濃い眉、口許に刻まれた皺、侍のような立ち姿、濃紫の小袖に藍の袴、上から下まで一分の隙もない。

気難しそうな客だな。

身構えた弥生へ、男がふいに笑いかけた。人好きのする笑顔が男の見てくれに不似合いで、弥生は軽く戸惑った。

「いつまでも、暑いね」

太い声は厳めしいのに、物言いは気さくで明るい。慌てて「もうしばらく、暑さが続きそうでございやすね」と、応じた。男の笑みに柔らかさが増す。

「鐘ヶ淵までの行き帰りを、頼めるかな」

「承知いたしやした」

猪牙に収まった客は背筋をしゃんと伸ばし、真っ直ぐに前を向いている。弥生が舳先を隅田川へ向け直してすぐ、男が前を向いたまま訊いてきた。

「しばらく暑さが続きそう、とは、どこで分かるのかな」

「水面を弾く日差しが、まだ眩しいもんで。これがもうちっと柔らかくなると、風が涼しくなってまいりやす」

ほう、と男は楽しげな声を上げた。

「さすがは、毎日水の上にいるお人だ。部屋に籠って理ばかり捏ねている連中よりも、余程信が置ける」

「旦那は、学者さんかお医者さんで」

普段弥生は、客の身の上や素性を訊ねない。訊いて欲しくないことを抱えている人たちの多さを、裏――「とんずら屋」の仕事を通じて知っているからだ。

なのに、この客に向かってするりと問いが滑り出た。しまった、と思う間もなく、男が舟尾の弥生へ振り向いた。

「やはり、そう見えるか」

肩を落とし、しょんぼりと呟く。

「へ、へぇ」

「そうか。やはりなあ」

「あの、旦那」

「私は、絵師なんだ」

今日一番の、驚きだ。

「画描きの先生で、いらっしゃいやしたか」

取り繕った弥生に、男は困り顔で「そうは、見えないだろう」と応じた。

「そんなことは——」

「いや、いいんだ。これでは無理もない。ただでさえ厳めしい見てくれが、筆を執ると更に恐ろしさを纏うらしくてな。犬や猫を手本にしようとしても、私が視線を送るだけで逃げ出すか、唸る。美人画を書こうにも、相手の女性は決まって頬を引き攣らせ、すぐに断ってくる」

弥生は笑いを堪え損ね、「こいつは、御無礼を」と詫びた。男が、いい顔で笑い返してくる。

「お陰で、睨みつけてもびくともしない、景色の画しか描けるものがない」

堅苦しい言い回しで語られる話には洒落が利いていて、進右衛門あたりとは馬が合いそうだ。

そんな気がして、さしで口を承知で水を向けてみた。

「筆を執られる前ぇに、少しでもお笑いになるなり、お相手とお話しになるなり、されてみちゃあいかがでしょう。失礼ながら、随分とご様子がお変わりになりやす。そりゃ、犬猫は無理かもしれやせんが、女の方ならまんざらでもねぇと思いやすが」

男が、はにかんだように笑った。

「早速、試してみよう。船頭さん、名はなんと仰る。私は葛城東雨という画号を使っている」

「へぇ。仙台堀端の船宿『松波屋』の船頭で、弥吉と申しやす」

「随分と画心を擽る姿をしておいでだ。手始めに、弥吉さんを描かせてもらえないか」

ぎくりとした。

男——葛城東雨の笑顔に気を抜いていたかもしれない。声音も言い回しもいつもの通り、念入りに男を装っている。だが、画描きの目は鋭いという。

「美人画ってのは、普通女の方を描くもんじゃありやせんか」

さり気なく顔を川面へ伏せ、茶化す口振りで言葉の意図を探ってみる。東雨は、屈託なく応えた。

「役者画というのもあるぞ。糊の利いた手拭いの吉原被りに藍半纏、きっちり股引を着けているのに、涼しげだ。立ち姿も顔立ちも色気があるのに品が良い。下手な役者より画になる」

色気があるというのは、深川の芸妓や吉原の太夫、男なら人気役者を指す言い回しだ。東慶寺の尼たちを見て育っているから、本当の「品の良さ」というものを知っている。

どちらも、自分とはまるで遠い。

　どうにもいたたまれず、弥生は音を上げた。

「旦那、ご勘弁を。あっしはただの船頭で。品だの色気だのと言われると、脂汗で櫓を持つ手が滑っちまいやす」

　あはは、と東雨は声を上げて笑った。

「困らせてしまったようだな。申し訳ない」

　明るく詫びて、弥生の猪牙に乗り込んだ時のように正面へ向き直る。それきり東雨も弥生も黙ったまま隅田川を遡った。浅草界隈を越し、青々と葉を茂らせた桜が並ぶ辺りへ差しかかったところで、東雨は前を向いたままぽつりと呟いた。

「まるで売れなかった、ある絵師の話を、聞いて貰えるだろうか」

　水音、櫓の軋る音、川面を渡る風の音、ともするとそんなものに消されてしまいそうな小さな声だ。

「へぇ、なんなりと」

　弥生は静かに返事をし、耳を澄ました。東雨が小さく笑った。

「その絵師は、評判の一門にどうにか弟子入りこそ許されたものの、師匠に目を掛けられることも、描いたものが売れることもなかった。何でも『画心に欠ける』、『面白味がない』らしい。写生だけは得手でよく褒められたが、そこから先がいかんという。何でもあるがままに描けばいいというものではない。そう叱られた。かと言って、ないものをどう足せばいいのか、あるものを取った後を何で埋めればいいのか、皆目見当がつかん。師匠や兄弟子に筆を足して貰い、『ほら、良くなっただろう』と言われても、収まり悪く見えるばかりで、どこがどういう風に良くなったのやら」

哀しげな溜息を、東雨が零した。しゃんとしていたはずの背も、少し丸まっているように見える。

「あるものを、あるがまま。そんな画も潔くって、あっしは好きですけどね」

弥生は自分の憧れを、こっそり乗せて応じた。優しい色目の小袖に揺れる簪、唇にはほんのりと紅を引いて。本当なら、娘姿で春は花見、夏は花火、秋の紅葉に冬の雪。自分の傍らでいつも温かく笑んでいるのは――。

「あの娘も、弥吉さんと似たようなことを言っていた」

ぽつりと東雨が呟いて、弥生は甘酸っぱいもの思いから戻った。急いで訊き返す。

「あの娘ってぇと」

東雨が、うん、と懐かしそうに頷いた。

「あの頃はまだ年端もいかない、無邪気な娘でね」

＊

好きだけで食ってはいけない。男は日雇の仕事を幾つも掛け持ちし、眠る間を削り、暮らしに入用な銭を切り詰め、やっとの思いで作った時と銭を、全て画に充てた。

そうまでしても、ちょっとした画材を買うのにも事欠く始末で、とうとう、飢えて死ぬか画筆を折るか、二つに一つというところまで追い込まれた。人間、三日も食わずにいると心が萎えるもので、男は画を諦める気になった。

残った絵具と紙で、描き収めをしようと思い立ち、空腹で目が回りそうな身体を鐘ヶ淵まで引き摺っていった。描きたいと思っていた景色の中で、残った絵具で足りそうなのは鐘ヶ淵の合歓の木だけだったのだ。

いざ、筆を執ると手が震えた。

師匠の叱責、兄弟弟子の冷ややかな笑い、画を持ちこんだ絵草紙屋の溜息、そんなものが思い出され、これで写生も仕舞いだと思うにつけ、今まで当たり前に動かしてきた筆が、恐ろしさで止まった。ひもじさで弱った心が萎んでいるのだと分かったが、どうにもならなかった。

——おじさん、描かないの。

あどけない声に、男は振り返った。七つか八つほどだろうか、邪気のない笑顔に敏い光を湛えた瞳が目を引く女の子だ。

ふいに惨めな気持ちになって、男は娘に、おじさんの画は下手くそなんだそうだよ、とぼやいた。不思議そうに娘が首を傾げた。

——どうして、へたくそなの。

年端もゆかぬ子に話しても詮無いことだ、と、頭の片隅が止めるのを振り切って、男は娘に教えた。

綺麗なものは本物よりも綺麗に描き、余計なものは描かない、それが画というものなんだ。なのにおじさんは、本物そっくりにしか描けない。

娘は口を尖らせて、異を唱えた。

——そんなの、変よ。だって、おじさんは嫌じゃないの。もし自分の顔を、『こうした方が綺麗だから』って、勝手に目を一つ余計に描かれたり、口をとられたりしたら。

*

弥生は、噴き出した。

「そいつは、妖怪かなんかの画でごぜぇやすね」

東雨も低く笑って、「だろう」と応じる。

「童に諭され、胸がすっとした。その娘と別れてから、嘘のように筆が走った。写生をした時そのままの清々しい気持ちで、色を乗せたのがよかったのか、その合歓の木の画が、羽振りのいい植木屋の目に留まった」

自分が丹精込めた花が咲いている様子を、画に描き留めて欲しい。ここまでよく描けていれば、『花の季節が来たら、これこれこういう花が咲きます』という具合に、商いに使える。植木屋は目を輝かせてそう言った。

それから、面白いほどに画の注文が舞い込んだ。桜や梅の見本帳に始まり、変わり菊の番付に、薬草を見分ける為の台帳を作って欲しい、という薬種問屋の注文もあった。名所画も少しずつ売れるようになった。見たものがそのまま描かれている方が、帰ってから画を見て話がしやすいと、江戸土産として好まれたのだそうだ。

「今では名所画だけで、食えるようになった」

「その娘さんのお陰ってぇ訳ですか」

「あれが、切っ掛けだからね」

嚙み締めるように男が呟いたところで、鐘ヶ淵が見えてきた。

「どちらへお着けいたしやしょう」

「綾瀬川の堤へやってくれ」

弥生は、櫓を斜めに入れて猪牙の向きを変えた。隅田川から綾瀬川へ入り、橋をひとつ潜った先の堤を目指す。近づいてみて、思いのほかの人出に驚いた。合歓の木は夕方に花が開くから、それに合わせて来る見物客も多いのだと、絵師が学者のような物言いで教えてくれた。

陸に上がった東雨が見物客を避けながら、ゆっくりと歩いてゆく。立ち止まったすぐ先に、黄金色の西日に映え、薄紅に煙る大木があった。賑やかな見物客に混じり、東雨は、ただじっと咲き誇る花を見上げている。

弥生がいる辺り、少し遠くから見る合歓の木は、緑の葉の間から白と紅の霞が滲みだしているように見えた。

夕風が枝を揺らす度に、白と紅が混じり合い、離れ合う。

きれい。

弥生は、弥生に戻ってそっと溜息を吐いた。

東雨が、「すっかり遅くなってしまった」と、慌てて猪牙に戻ってきたのは、東の空が夕闇色に染まってからだった。元々厳めしかった顔が、何か心に決めたように引き締まっている。

「旦那」

そろりと弥生が訊くと、東雨は目許を和ませた。確かめるように頷いてから、もう一度合歓の木を振り返る。すぐに弥生へ向き直り、「戻ろうか」と促した。

二

弥生が店の主市兵衛の『浜乃湯』行きの猪牙を仕度していたところへ、啓治郎が顔を出した。大柄だが引き締まった体軀を心持ち縮めている。

「今日は、旦那様の送り迎えは俺がする」

弥生は啓治郎の男らしく整った顔を、見上げた。切れ長の目が僅かに宙を泳ぐ。

「何かあったのか、啓治」

「女将さんが、浅草行きのお客さんをお前ぇに頼みてぇそうだ。『松波屋』の看板船頭の弥吉を、旦那様が自分お抱えだと思い違いしたら困るから、たまには顔を変えろと言われた」

啓治郎は、いつもの寡黙で頼れる相方に戻っている。念を入れ、自分より頭ひとつ高い処にある顔を間近に覗きこむと、困ったように微笑む。やはりいつもと変わらない。

弥生は、小さく息を吐いて頷いた。

「分かった」

「気を付けて行けよ」

また、啓治郎の心配性が始まった。相方お決まりの「気を付けて行け」は、挨拶代わりではない。本当に、一人仕事を請け負った弥吉を心配しているのだ。妙な客を乗せはしないか。曲がったことが嫌いでお節介、そんな性分が災いして、要らぬ諍いに巻き込まれてはいないか。

弥生は溜息を呑み込んで、にやりと笑ってみせた。

「何なら女将さんの言いつけを破って、おいらと代わるかい」

引き受けた仕事をとるか、弥生を危ないことから遠ざける方をとるか、本気で考え込んだ啓治郎を見て、弥生は慌てた。

そんなことで、迷わないでってば。

「お客さんを待たせちゃあ、ことだ。行ってくる」

言い置き、急いで猪牙に乗り込んだ。浅草寺(せんそうじ)へお参りに行きたいという夫婦を乗せ、隅田川を上る。途中、川面(かわも)から見える名所を案内しながら、東雨を思い出した。

合歓は、桜と違って長い間花が咲いているという。あの絵師も、また鐘ヶ淵へ足を運んでいるかもしれない。少し離れた猪牙からは、白と紅の色だけが他の景色から浮かび上がるように見えていた、合歓の大木。

そういえば、客の送り迎えをすることはあっても、間近で眺めることはなかったな。

浅草寺横、大川橋(おおかわ)近くで客を降ろした後、弥生は川上へ目をやった。このまま鐘ヶ淵まで行ってしまおうか。頭を掠(かす)めた考えを慌てて追い払う。油を売ってる暇はないし、同じ売るなら合歓の花よりも、先にやりたいことがある。

悪戯(いたずら)心がむくむくと湧きあがった。

啓治郎が心配で、様子を見に来た。

そう言って『浜乃湯』へ行ったら、あの相方はどんな困った顔をするだろう。

私の居心地の悪さも、ちょっとは分かってくれるかしら。

思わず弥生(むすめ)に戻って笑い、慌てて頬を引き締める。啓治郎が妙だった訳も、気になる。油を売る言い訳を自分にしてから、弥生は舟を川下の対岸へ向け直し、両国橋を目指した。

橋より少し手前、藤代町のいつも弥生が舟を着ける処には、見覚えのある猪牙が泊まっていた。船頭の姿はない。すぐ横に自分の猪牙を並べ、陸に上がる。

元町から回向院の脇を抜け、回向院と松坂町の間の細い道へ入ると、『浜乃湯』の裏手が見えた。目に飛び込んできたのは、啓治郎と老婆だ。裏木戸の脇、『浜乃湯のお地蔵様』と呼ばれている小さな祠の前で、言い合いをしている。

やっぱり、何かあったんだ。

弥生は足音を消して、遣り取りがはっきり聞こえる処まで近づいた。

「——ですから、聞き分けてくださいやせんか、ばば様」

「関脇になるにゃあ、そりゃ大変な苦労があるだろうさ」

「いや、相撲の話じゃございやせんで」

「どこの悪戯小僧が、野放しにされてるって。どれ、あたしが行ってとっちめてやるよ」

「ばば様」

「なんだい、はっきりお言いよ。男のくせにもごもごと。聞こえないじゃあないか」

啓治郎の困り顔は、「一切合財聞こえておいでのくせに」と言っている。ばば様——とめ婆は、見てくれは年季が入った梅干しのようだが、足腰も耳もしっかりしている。耳の遠い振りは、都合が悪くなったり、相手を煙に巻く時お決まりの手だ。

美丈夫の船頭がちんまりした老婆にやり込められている姿は、弥生の笑いを誘った。

「啓治郎もばば様にかかっちゃ、形無しだな」

ぎょっとした顔で振り返った啓治郎に対して、とめ婆は至ってのんびりしている。

「おや、『松波屋』自慢の男前船頭が二人揃って訪いとなりゃあ、あたしもまだまだ捨てたもんじゃあないね」

弥生はとめ婆に、にっこりと笑ってみせた。

「啓治郎の奴が、女将さんと手を組んで抜け駆けを企みやがったもんですから、慌ててすっとんで来たんですよ」

横目で啓治郎をねめつけると、相方は苦虫を嚙み潰したような顔をしていた。

「お前さんはこの婆の味方をしてくれるのかい。心強いねぇ」

「それは、詳しい話を聞かせていただいてから」

とめ婆が、皺を一層深くして笑った。

「いいよ。お入り」

『浜乃湯』の裏木戸を入ったすぐの小さな離れ、とめ婆の住まいに弥生と啓治郎は通された。とめの一声で、よく冷えた梨が運ばれてくる。とめは、息子に『浜乃湯』を譲るまで、女将としてこの湯屋を切り盛りしていた女だ。

愛想のよい女中の気配が離れから充分遠ざかるまで待って、啓治郎が切り出した。

「こいつは女将さんがお決めになったことでごぜぇやす。呑んじゃあいただけやせんか」

ふん、ととめが鼻を鳴らす。「聞こえない」振りは、とりあえず止めたようだ。

「受ける受けないは、あのひよっ子夫婦が決めるこった。勝手にすりゃいいじゃないか。裏の橋渡しをしてるだけの老い耄れ婆ぁの戯言なんぞ気にかけるこたあ、ない」

とめ婆が突き放すように言葉を紡ぐたび、啓治郎の背中が丸まっていく。

『浜乃湯のお地蔵様』の世話をしながら、「とんずら屋」と客の遣り取りを一手に引き受けているのが、このとめである。とめ婆がいい塩梅で目眩ましや煙幕を施し、町方や物見高い野次馬を煙に巻いてくれるからこそ、繋ぎの『お地蔵様』を使い続けていられる。「橋渡ししているだけ」なぞ、間違っても言えやしない。

弥生は笑いを噛み殺してから、娘の物言いで口を挟んだ。

「ばば様、『お地蔵様』に繋ぎがあったということですか」

「そうなんだよ、お嬢。それを、ひよっ子女将が断れっていうのさ」

「何か、気に掛かる訳があったのでしょうか」

「あの子らしくもない、下らない訳だよ」

とめ婆が、もどかしそうにぼやいた。

一風変わった「繋ぎ」が『お地蔵様』に仕込まれていたのは、三日前の話だ。

「繋ぎ」の主は、葛城東雨という人気絵師で、「畳町の書物問屋『美原屋』の、おようという若い女中を、こっそり連れ出して鐘ヶ淵へ行き、再び店へ送り届けて欲しい」という頼みだった。

それは「とんずら」ではない。逃がすのではなく元へ戻すとなると、見咎められる恐れは倍になる。金持ち絵師の粋狂には付き合えない。物見遊山の舟でも仕立てれば済むはずだ。お昌は草の調べを聞いてすぐに、断ってきた。

葛城東雨。あの、鐘ヶ淵の絵師だ。

弥生は驚きを呑みこんでから、呟いた。

「確かに、叔母さんらしくない話ですね」

「お昌は、この婆が情に絆されたと思ってやがるのさ」

とめ婆は、ほんのりと笑って言葉を続けた。

「絵師が、あたしと顔見知りでね。『浜乃湯のお地蔵様』を褒めてくれたんだよ」

――穏やかで嬉しそうな顔をしておいでだ。ばば様の心の籠った御世話振りが窺えます。

絵師はそう言って、熱心に写生をしていったのだという。回向院に両国橋、藤代町からは隅田川を挟んで富士の御山も望める。絵師の心を擽る風景が目白押しのこの辺りで、小さな『お地蔵様』を選んでくれたのが、とめ婆は嬉しかったのだろう。

それを知ったお昌が、「受けない」と答えを出した。とめ婆が、また鼻を鳴らした。

「繋ぎの主と知り合いってのを黙っていたのも、お昌にゃあ気に入らないんだろうけどね。あたしも見くびられたもんさ」

それから、しんみりした様子で続ける。

こいつは、画描き先生の恩返しなんだ。叶えてやりたいねぇ。

弥生は、一回り縮んだようなとめ婆を見て思った。

情に絆されたというお昌の読みは、多分当たっている。だからこそ、受けてやりたかった。お昌に輪を掛けて厳しくとんずら稼業に当たり、人を見る目も飛びきりのとめ婆が、叶えてやりたいと考えるのだ。東雨の思いつめた顔と合歓の大木が、弥生の目の裏に浮かんだ。

「ばば様。そういうことなら、話の持って行きようですよ」

お昌の性分は、姪の自分がよく承知している。にっこり笑った弥生に、とめ婆は皺に埋もれかけた綺麗な目を輝かせ、啓治郎は盛大な溜息を吐いた。

三

とめ婆と悪知恵を出し合った夜、弥生はお昌に呼ばれた。散らかった帳場は、煙草で淡く白い霞が漂っている。

ぷかりと、一段濃い煙を吐き出し、お昌は弥生をひと睨みした。知らん顔で文机を挟んだ向かいに座ると、お昌が、とん、と煙管の灰を煙草盆の灰入れに落とした。

「啓治が、ばば様の言伝を持ってきたよ」

「はい」

「ご丁寧に『ばば様の言い様を、そのままお伝えします』と、断りやがってね。生真面目な啓治のことだ、さぞ言いづらかっただろう。可哀相に」

ちらりと鋭い目でひと睨みされ、弥生は慌てて目を伏せた。お昌が一度煙管をふかしてから、平らな言い回しで続ける。

「見咎められる恐れが倍になるというなら、とんずら料も倍にすればいい。一度のとんずらで二度分料金が頂けるんだ、お昌がいつも言う、美味しい仕事のはずだ。それを『受けない』というなら、お昌こそ情とやらに振りまわされているんじゃないのか。知り合いだろうが何だろうが、自分は繋ぎがあれば、そっくりそのまま『松波屋』へ上げるだけだ。話を引いたり足したり、繋ぎを握りつぶしていいのなら、いつでも言ってくれ。心置きなく勝手にやらせてもらう、とさ」

お前の入れ知恵だよねえ、弥吉。

弥生は笑いを噛み殺して「何の話だか、あっしにゃあ」と、惚けた。この叔母から一本とれそうなのが、ちょっぴり楽しい。

お昌が小さく息を吐いた。

「お前なら話を聞きゃあ、きっとばば様の肩を持つ。だから、啓治に行かせたってのに、何をふらふら『浜乃湯』くんだりまで油を売りに行ったんだい」

「浅草から『浜乃湯』まで行かれるってぇお客さんが、おいでだったもんで」

「嘘をお言い」

ぴしゃりと叱られ、弥生はぺろりと舌を出した。厳しい顔とは裏腹に、お昌には怒りの気配がまるでなかったのだ。

「まあ、ね。確かにばば様とお前の言う通り、今度の話はあたしの目が変に曇っちまってたようだ」

「じゃあ」

身を乗り出した弥生に、お昌は顰め面を向けた。

「お前と源太でおやり。気を抜くんじゃないよ。行って戻ってくる、なんざ今までやったことがないんだからね」

嬉しそうなとめ婆が見えるようだ。弥生は「恩に着やす、女将さん」と礼を言った。

「まったく、手前ぇにゃ何の得にもならないことが、なんだってそんなに嬉しいんだか」

まじまじと弥生の顔を眺めていたお昌から、力のないぼやきが零れた。

夜明け前、弥生は啓治郎が起き出してくる前に、猪牙に乗り込んだ。

今度のとんずらは、昼日中の行き帰りを、奉公先の美原屋ばかりでなく、おようの顔見知りにも見咎められないよう、運ばなければいけない。

どの道筋が、一番間違いがないか、確かめておきたかった。

また啓治郎が一緒に行くと言い出すと厄介なので、こっそり出かけてしまおうという訳だ。

川底に竿を差したところで、『松波屋』の船着き場めがけて走ってくる足音が聞こえ、弥生は慌てて振り返った。啓治郎ではなかったものの、見知った姿に肩が落ちる。

「待っとくれ、弥吉」

「若旦那」

止める間もなく、進右衛門は身軽に弥生の猪牙へ飛び乗った。

細身の舟が大きく揺れる。

急いで舟を立てなおし、厳しい目を向けた弥生に、進右衛門は悪戯っ子のような顔をしてみせた。

「申し訳ありやせんが、あっしの猪牙は空いておりやせんで」

「そうは見えないけどね」

「お客さんを、お迎えに伺うとこで」

「だったら、その手前まででいいよ。朝の漫ろ歩きがしたいだけさ、どこで降ろして貰ったって構わないから」

「若旦那」

どう言えば、追い払えるだろう。

言葉に詰まった弥生に、進右衛門が人の悪い笑みを向け、畳み掛ける。

「愚図愚図してると、お前さんのことにかけちゃあ飛び切り鼻の利く男前の相方も、気付いて追いかけてくるんじゃないのかい」

弥生は、にやにや笑いの進右衛門をもうひと睨みし、櫓(ろ)を手にした。ぐい、と水を大きくひと掻(か)き、二人を乗せた猪牙が、滑らかに仙台堀の水面(みなも)を滑った。

濃い藍(あい)だった空が東から薄(うっす)らと明るくなるにつれ、ひとつ、またひとつと星が消えてゆく。水面が朝の光を細かく弾(はじ)いて、闇に沈んでいた景色が色を取り戻す。今日も暑くなりそうだ。

「朝は気持ちがいいねぇ。あっという間に暑くなっちまうんだろうけど」

呑気(のんき)な進右衛門を乗せ、弥生は舟を進めた。隅田川を下って永代橋をくぐり、向こう岸の京橋(きょうばし)川を遡(さかのぼ)り、大根(だいこ)河岸近くで猪牙を泊める。

「おや、客はどこにいるんだい」

陸へ上がりながら、進右衛門が訊(き)く。

当たり前のように掌(て)を差し出され、弥生は戸惑った。まるで、連れの娘を気遣っているような、振舞いだ。

女と知れたのではないか。湧き上がる危惧(きぐ)の一方、胸の片隅で甘酸っぱい何かが、とくりと跳ねた。

何を、呑気なことを。弥生はとびきり不機嫌な顔をつくって、一人で舟を降りた。船頭が舟を降りるのに客に手を貸して貰うなぞ、聞いたことがない。

「では、あっしはここで」

ぶっきらぼうに頭を下げ、歩き出した後を、進右衛門は悪びれた様子もなく、付いてくる。先に痺れを切らしたのは、気短な弥生だ。

立ち止まり、振り向きざまに半ば喧嘩腰で問う。

「若旦那は、一体、どちらへ」

「言ったろう。朝の漫ろ歩きだって。どこという目当てもないから、お前にくっついて回ろうと思ってね」

「そいつは、ご勘弁を」

「いいじゃないか。弥吉が客を拾ったら、退散するよ」

弥生は、零れかけた溜息を呑み込んだ。河岸の賑わいを漫ろ歩く振りで、畳町へ足を延ばす。どこかで人込みに紛れて、置き去りにしてやる。

こちらの苦し紛れの目論見なぞ、まるで気付く風もなく、進右衛門はのんびりとひとりごちている。

「いくら顔立ちが綺麗といっても、野郎は野郎だ。どうせなら可愛い娘さんと歩きたかったねぇ。縞の黄八丈の小袖が良く映える娘で、髪には、そうだね、ちょっと気が早いけれど楓の細工の平打ちか、珊瑚の玉簪」

山吹色の小袖に、紅の簪。これからの季節に良く映える色合いだ。

打ち消すより先に、鏡に向かって微笑む、娘姿の自分の幻が頭を過った。

もし、普通の商家に生まれていたら。

母の実家、旅籠の娘として育っていたら、今頃はそんな恰好をしていたのかもしれない。

毎日、裁縫や三味線の手習い。時には物見遊山や芝居見物。

舟の操り方や風の読み方、誰かを逃す技を身につけるのでなく――。

「ねぇ、どう思う。弥吉」

進右衛門に訊かれ、弥生は慌てて首を振った。

そんな悠長な夢を見ている暇が、お前にあるの。弥生。

自分で自分を叱咤し、ざらついた心のまま、冷ややかに応じる。

「だったら、そんな娘さんを探しに行かれたらいかがですか。あっしの後をくっついて回ったって、お望みの娘さんにゃあ行き会えやせんぜ」

やれやれ、と進右衛門が呆れた風で溜息を零す。

「それじゃ、話が終わっちまうじゃないか」

それこそ、願ったり叶ったり、だ。何の苦労もなく、可愛い形の出来る娘の話なぞ、したくもない。

「何を怒ってるんだい、弥吉」

怒ってなんかいない。そう答えかけ、思い直す。

「決まってるじゃござぇやせんか。若旦那が、あっしの仕事の邪魔をなさってるからですよ」

「仕事、ね」

口振りに引っ掛かるものを覚え、弥生は立ち止まり、進右衛門を見遣った。

色男の顔が、柔らかな笑みの形に綻ぶ。深い色が瞳を過ったのは、気のせいだろうか。

その色の意味、在り処を追おうとした弥生から逃れるように、進右衛門はつい、と目を伏せた。

「やれやれ。すっかり嫌われてしまった。これ以上しつこくすると、あの怖い女将に『うちの稼ぎ頭の邪魔をするな』って叱られそうだから、退散するとしよう」

じゃあね、と軽やかに手を振り、進右衛門は去っていった。

何を考えているのか、読めない男だ。

すっとした後ろ姿を少しの間見送り、気持ちを切り替える。今は、吉野屋の若旦那にかまけている時ではない。

足を速め、弥生も河岸から離れる。

書物問屋『美原屋』は、大層賑わっていた。物見遊山の土産を買い求めにきた田舎者、いかにも書物好き、手代たちとも顔見知りといった贔屓客が入り交じり、出たり入ったりを繰り返している。そんな騒がしい店先を行き過ぎ、裏木戸へ回った。

辺りは打って変わって静かだった。ぐるりの板塀の向こうから、背の高い樹の枝が覗いていた。蝉の声が、暑そうに間延びして聞こえる。

裏木戸は使えそうだ。

そこから京橋へ戻り、川下の竹河岸の様子も窺(うかが)ってみる。大根河岸よりも雑多な色合いが強い。『美原屋』には大根河岸が近いが、人に紛れるには竹河岸の方がよさそうだ。

もう一度、道筋を確かめようと『美原屋』の裏へ戻ったところで、無造作に近づいてくる人の気配に、弥生ははっとした。

「また会ったね」

弥生の前に立った進右衛門が、おどけた風で肩を竦(すく)めた。

尾行(つ)けられたか。

咄嗟(とっさ)に考え、弥生は眼の前の整った面を睨(にら)み据えた。

「だから、そんなに怖い顔をおしでないよ。弥吉が言ったんだよ。可愛い娘さんのとこへ行けって」

浮ついた物言いをしながら、塀の向こうを透かし見る仕草をする。弥生も、その視線の先をなんとなく追ってみた。

「こちらさんに、若旦那のお眼鏡に適(かな)うような、縞の黄八丈の似合う娘さんがおいでってわけでござぇやすか」

進右衛門が、呆れ交じりに笑った。

「きりりとした縞が似合う娘は、他にいる。ここの娘は、そうだなあ、細かな格子か、井桁(いげた)か。可愛い柄が映えるだろうね」

「なんて娘さんで」

この男、しょっちゅう遊び歩いている分、顔も広い。『美原屋』について知っていることがあるかもしれない。さりげなさを装って訊いてみると、進右衛門はあっさり答えた。「おようさんと言ってね。ここの女中だよ」

おようさん。今度の客だ。

逸る気持ちを抑え、問いを重ねる。

「どんな娘さんなんで」

にんまりと、進右衛門が笑った。

「おや、珍しい。女の話に弥吉が乗ってくるとは」

何やら腹立たしいのと、ばつが悪いの半々で、弥生はむきになって言い返した。

「そんなんじゃありやせん。それより、さっさとお目当ての娘さんをお呼び出しになったらいかがです。何なら、猪牙を出しやすぜ」

ふと、進右衛門の顔が曇る。

「あの娘は、ここから出して貰えないんだよ」

「え――」

少し哀しそうに頷き、進右衛門は弥生を促した。

「ここで立ち話をするのは、ちょっとばかり気が引ける。猪牙へ戻ろうか」

自分から言っておいて、弥生の舟へ乗り込み、仙台堀へ舳先を向けても、進右衛門は黙ったままだ。

弥生も黙したままで、隅田川へ舟を出す。ようやく、重たげな口が開いた。

「『美原屋』の御内儀、お艶さんは、娘さんを赤子の頃に亡くしていてね。以来、家の奥に閉じこもりきりなんだそうだよ」

ある時、娘が高い熱を出した。お艶は看病で疲れている様子の女中と寝ずの番を代わったが、元々、娘の酷い夜泣きでお艶自身も眠れない日が続いていたせいか、夜明け前についうとうとしてしまった。

周りの騒がしさに目を覚ますと、娘は既に息をしていなかった。

お艶は自分がちゃんと看ていなかったからだと自らを責めた。幾年経っても、お艶の所為ではないと誰が諭しても、思い出したように娘の死に涙し、主や舅に詫び続けた。

四年前の春、『美原屋』の奥向きに、おようという娘が女中奉公に入った。明るく敏く、優しい娘で、塞ぎ込んでいる内儀を甲斐甲斐しく世話した。死なせてしまった娘と同い年のおようを、お艶は酷く可愛がった。片時も側から離さず、我が子が戻ってきてくれたのかもしれないとまで、言い出す始末だ。おようが来てからお艶が明るくなったと主一家は喜んだが、他の女中は、何かと目を掛けて貰えるおようをやっかむようになった。

三年前のことだ。おようは年嵩の女中に使いを頼まれ、ほんの少し外出をした。ところが、おようの姿が見えないと、内儀が店先で騒いでしまった。また自分が目を離した隙に娘が死んだらと、泣き叫んだ。外出から戻って初めてその騒ぎを知ったおようは、番頭、女中頭に酷く叱られた。使いを頼んだ当の女中は、勿論知らんふりだ。内儀はまた塞ぎ込み、少しでもおようの姿が見えないと、騒ぐようになった。そのせいで、店に顔を出すことも止められた。

おようといえば、以来、そのとばっちりで外出も藪入りの里帰りも許してもらえない。

「町中のあれこれが楽しい年頃の娘さんが、気の毒に。けどね、あの店の人たちは、主一家も奉公人も、それぞれ重いものを胸に抱えながら、どうにか立っている。せめて、そっとしておいてやりたいんだよ」

進右衛門の話は、お昌から聞かされて既に知っていたことばかりだ。だが弥生は、ぽつりと添えられた言葉尻が、気に障った。

まさか、進右衛門は『松波屋』の裏の顔に気付いている――。

「なぜ、あっしにそんなことを」

惚けた自分の声が、硬く聞こえた。

「さあ。何故だろうね」

往なされたと思いきや、進右衛門がすぐに続けた。

「お前さんが、気の毒な娘の味方をしてやりたい。そんな顔をしてるように見えたからかな」

本当に、そうだろうか。

様子を窺っていると、宥めるような笑みがこちらに向けられた。

「主には主の辛さがあってね。身内や奉公人を養うためには、お店を守らなきゃいけない。店を揺るがすような評判を抑えるためなら、一人の女中に辛抱を強いることもあるって話さ」

少し間を空けてから、弥生は皮肉に紛れて、鎌を掛けてみた。

「随分と、上に立つ御人のお気持ちがお分かりになるんでございやすね。さすがは京の大店の若旦那、ふざけてばっかりに見えて、色々お考えになっておいでだ。もしかして、ふらふらしてる振りで、他に何か大ぇ事なお役目でも、お持ちでいらっしゃるとか」

ぴりりと、進右衛門の気配が張り詰めた。

櫓を操る水音が、大きく聞こえる。風に乗って聞こえてくる、良い声の船唄が妙に遠い。

出し抜けに、進右衛門が喉で笑った。

「若旦那」

そろりと問うた弥生を余所に、忍び笑いが、すぐに「あっはっは」と、朗らかなものにとって代わった。

「なんだい、お役目って。まるで、お役人かどこぞのお大名の間諜の話をしてるみたいだよ」

目の端に滲んだ涙を拭いながら、話を戻す。

「どんな放蕩息子だって、生まれた時から親父の側から店を眺めてれば、それくらいは見当がつくようになるさ」

はぐらかされたのか、それとも、自分の考え過ぎか。

「そうでごぜぇやすか。だが生憎あっしは、そっち側から世の中を眺めたことがねぇもんで」

話している裡に、ふつふつと憤りが湧き上がる。

大義名分とやらの為に踏みつけられる者は、痛みを感じないとでも、思っているのか。

「ですがね、若旦那。取るに足らない娘っこだろうが、若造だろうが、女中一人、船頭一人の汗を元手に、そっち側のお人は、旨いもん食って、上等なもの着てるんじゃあ、ごぜぇやせんか」

進右衛門は、応えない。ただ、小さく息を呑んだ音が聞こえたのみだ。弥生は、続けた。

「だったら、いざって時に踏みつけにするんじゃなく、ぎりぎりまで庇ってやるとか、他に何か道がねぇか頭を捻ってみるとか、それくらいの苦労はするのが、人の道ってぇもんじゃごぜぇやせんか」

進右衛門が、弥生を見た。

驚き、戸惑い、そんなものに混じって見え隠れするものは、何だ。込み入った色合いの目を、弥生は覗きこんだ。

「さすが、血は争えない、か」

いつもの進右衛門とは違う、冷ややかな物言いだ。

鳩尾から心の臓まで、一気に凍りついた心地がした。

どこかで、やはり、と思っている自分、寂しさや悲しみを感じている心に、弥生は驚いた。

瞬く間に、「若旦那」のちゃらりとした佇まいに戻ってふざける。

「誰も教えちゃくれないけど、弥吉、お前さん怖い女将の身内だろう。顔立ちがよく似てる。その性分もそっくりだって、言ったんだよ」

「へぇ。実は、甥っこで」

ひとりでに口から出てくれた答えに、ほっとする。

やっぱりね、と頷いている進右衛門には、どんな屈託も見受けられない。

言い逃れだ。

頭の片隅で鋭く繰り返す自らの声に、弥生は耳を塞いだ。

まだ、敵方と決まった訳じゃない。

気付けば、弥生はお題目のように、心の中でそう繰り返していた。

四

三日後、弥生は源太と共に『美原屋』へ向かった。猪牙を竹河岸近くに泊め、丸に『松』を染め抜いた、『松波屋』御仕着せの藍半纏を羽織った姿で、表から訪いを告げる。店は、お昌の手配のお陰でいつにも増して大繁盛、普段は愛想のよい手代たちも、あまりの忙しさに揃って顔を強張らせている。

弥生たちが奥へ通されてすぐ、『美原屋』の主が顔を見せた。大店の主然とした重々しい佇まいの男で、弥生たちを見る目は冷ややかだ。

「父から話は聞いていますよ。私は、他人様の手を借りるつもりはなかったのだけれど。ましてや玄人でもないお人に、手間を掛けさせて済まないね」

「とんでもねぇ。ちょいとでもお役にたてりゃあ、何よりでごぜぇやす」

棘のある皮肉を、弥生が落ち着いて往なした。

「何でも、『松波屋』さんの逗留客の間で評判だそうだね。なまじの噺家や講釈師より面白いとか。そういう評判を鵜呑みにする父にも、困ったものだ」

ふう、と源太が弱り切った顔で息を吐いた。虚をつかれたように、美原屋が源太を見遣る。

「へぇ。先だっては、お客様にきつぅいお叱りを頂きやした。笑いすぎて腹の皮がよじれちまったんだそうでさ」

けろりと言うや厳しい顔をものともせず、にぱっと笑いかける。つられて、ほんの少し美原屋が口許を綻ばせた。笑みひとつで、源太は人の懐にするりと入り込む。いつ見ても、鮮やかな手並みだ。美原屋は重々しさを取り繕うように、咳払いをひとつして立ち上がった。

「女房はここ何年も塞ぎこんでいてね。少しでも気を紛らせてくれれば有難いが、笑わないからといって無理をしないでおくれ。かえって気塞ぎの虫が酷くなってはことだ」

「心得ておりやす」

またにぃっと笑った源太に、美原屋も今度ははっきり笑いを返した。

初めに通された座敷から広縁を通り、更に奥へ向かう。窮屈そうに背の高い樹が植えられた小さな庭を望む座敷の前で、美原屋は足を止めた。

「およう、私だ」

「はい、旦那様」

「あれの様子はどうだい」

「落ち着いておいでです。昼飯も残さずお召し上がりになりました」

ここまでの遣り取りを座敷の内と外で交わし、ようやく美原屋は障子の引き手に手を掛けた。

「そうかい。では入るよ」

するりと開いた障子の向こうには、利発そうな目をした可愛らしい娘と、虚ろな瞳の顔色の悪い女がいた。虚ろな瞳の女がお艶、そして。

この娘さんが、あの旦那の恩人。

弥生の中で、東雨の身の上話に出てきた明るく敏い女の子が、目の前の女中と綺麗に重なって見える。確かにこの娘なら、しゃっきりとした縞より、華奢な格子や井桁が似合いそうだ。

「およう、こちらは、昨日話した船宿の御人たちだ」

美原屋は女房のお艶ではなく、おように話し掛けた。

連れ合いの痛々しい姿を見ることができないのだ。お店のためとはいえ、二人を家の奥に閉じ込めていることに気が咎めてもいる。冷たく頑なな瞳に過る苦しい色が、弥生に美原屋の心底を伝えた。

「御内儀様と二人、昨夜から楽しみにしておりました」

朗らかな声に、弥生は美原屋からおようへ目を向けた。

「そいつは、ありがてぇ。何しろあっしゃあ、お客さんの『楽しみ』とおっきな笑い声が、何よりも好物でござんして」

飛びきり剽げた源太の物言いに、虚ろだったお艶の瞳に小さな光が灯る。おようは、くすくすと笑い声を立てている。それを見た、美原屋の顔つきが変わった。

「それじゃあ、早速『下らねぇ話』をひとつ」

源太得意の笑い話だ。吝嗇な長屋の差配を、店子が安酒を「下りもの」だと騙して店賃の代わりにしようと企む話で、ずれた二人の遣り取りが、耳の遠い振りをする時のとめ婆を思い起こさせ、幾度聞いても弥生は笑ってしまう。おようが、顔を伏せて笑いを堪えている。

お艶が、ふわりと笑った。

ちょんと小首を傾げ、頬が緩んだほどの笑いだった。それでも、美原屋とおようが驚いたように顔を見合わせる。源太の話が進むにつれ、お艶の頬が柔らかさを増し、血の気の薄い唇が綻ぶ。おようが気兼ねなく小さな声を立てて笑うのを見届け、美原屋が立ち上がった。

「後を頼みましたよ。おようがいれば、心配はいらないがね」

囁いた美原屋を、弥生は承知いたしやした、と頭を下げて見送った。しばらく待ってから、源太と目で合図を交わす。そろそろお昌の差し向ける「主を出せと騒ぐ、厄介な客」が、店へ来る頃だ。源太の話は、唐の変わった風習と、どじな坊主の話に移っている。弥生はおように、お艶の和んだ顔つきを確かめながら、そっと近づいた。

「おようさん、ちょいとよろしゅうございやすか」

目尻に涙を溜めた笑い顔で、おようが「はい」と弥生を見た。こそりと耳打ちをする。

「手前どもは、こちらの御隠居さんにもうひとつ言い付かっておりやして。おようさんを、こっそり鐘ヶ淵までお連れして、気散じをさせてやってくれってぇお話なんでごぜぇやす」

『美原屋』の隠居は、葛城東雨が食い詰め絵師だった頃からの知り合いだ。その好(よしみ)で、「売れる切っ掛けをくれた」おようへの、東雨の恩返しを手伝っている。「隠居の気遣いだ」ということにして、東雨はおようを慰めたり、頑張った褒美を遣ったりしているという訳だ。

その繋(つな)がりを、お昌が使った。

まずは東雨から美原屋の隠居へ、こう頼ませる。

「面白い話を聞かせると評判の松波屋の船大工を、『美原屋』の奥向きへ呼んで欲しい。今年も盆の里帰りができなかったおようさんを元気づけてやりたいし、御内儀の気散じにもなるだろう」

隠居の名で呼ばれた『松波屋』は、これも隠居からの頼みということにして、おようを鐘ヶ淵の合歓(ねむ)の木見物に連れ出す。勿論(もちろん)、隠居が知っているのは「面白い話を聞かせる」ところまでだ。

そして、東雨にはこう思わせる。

「『松波屋』は、全て隠居の頼みだと信じていて、『とんずら屋』とは何の関わりもない。裏で『とんずら屋』が糸を引いていることさえ、知らない」と。

弥生は目を丸くしているおようへ、言葉を重ねた。

「鐘ヶ淵は、先日もお客さんをお乗せして行きやした。合歓の花がそりゃあ綺麗でございやしたよ」

幼さを残したおようの顔が輝いた。目尻に滲んでいたものが、違う色合いの雫で膨らむ。すぐに、迷うように顔が曇った。

「でも、御内儀様は」

弥生は目で源太を指して答えた。

「この源太にお任せくだせぇ。いくら四六時中付きっきりだっつったって、風呂やら飯やらで、ちょいとの間、御内儀さんからおようさんが離れることは、ございやすでしょう」

「はい」

源太が飛び切りみょうちきりんな顔を作った。お艶が、小さく噴き出す。おようは驚いたようだ。弥生がおようを宥める。

「こいつなら、そのちょいとの間を、面白可笑しい話で一刻二刻に変えちまうなあ、朝飯前でさ」

請け合った矢先、お艶の顔が悲しげに曇った。

「あの子にも、こんな楽しい話を聞かせてやりたかった」

声に湿ったものが滲む。おようがすかさずお艶の側へ寄った。

「御内儀様。大丈夫でございますよ。このおようが一緒に楽しい話を聞かせていただいてますから」

覚悟はしていたが、一筋縄ではいかない。ぴったりと寄り添い合っている二人を見遣って弥生が唇を噛んだ時、おようが思いつめた顔で「あの」と弥生を呼んだ。

「御内儀様も一緒に連れて行っていただく訳には、参りませんでしょうか」

返事に窮した弥生へ、おようが膝を詰めた。

「無理を申し上げているのは、分かっております。でも、久し振りにお笑いになった今なら、外にお連れ出来るかもしれない」

おようの真っ直ぐな必死さに、弥生が折れた。お昌の手配では、『美原屋』の忙しさは、暮れ六つまで続くはずだ。普段から皆揃っておように任せきりのお艶の許へ、誰かが顔を出すことはないだろう。

「御内儀様が、御承知いただけるのでしたら」

「お、おいっ、弥吉」

狼狽えて弥生を止めた源太に、大丈夫と小さく頷く。おようは内儀の側へ戻って、静かに語りかけた。

「御内儀様、おようとお出掛けになってはいただけませんか」

内儀が悲しそうに首を横へ振った。

「おようは、御隠居様のご用事でどうしても出掛けなければいけません」

「外へなぞ出て、お前にもしものことがあったらどうするの。掏摸や物盗りに出逢ったら。ちょっとした弾みでお侍様にぶつかってしまうかもしれない。辻を横切る大八車に気付かないかもしれない」

甲高く、早口になっていくお艶の物言いを、おようが宥めた。

「ですから、御内儀様に一緒にいらしていただきたいんです」

お艶は少し落ち着いたものの、震える声で呟いた。

「お前だって知っているでしょう。私は外が怖いのよ」

「今日なら、きっと大丈夫ですよ。こちらの源太さん弥吉さんとだって、楽しくお過ごしになれたじゃあございませんか」

躊躇うように、お艶が源太を、次に弥生を見た。

「お前を一人で外に出すくらいなら、付いて行った方がいいのかしら」

迷うような口ぶりではあるが、そう呟く。すかさず、おようがひと押しした。

「ええ、御内儀様。おようも、一人では心細うございます。一生に一度のおようの我儘だと思って」

お艶は長いこと黙っていたが、ようやく「そうするしか、なさそうね」と、応えた。

弥生は立ち上がった。源太は、既に半べそだ。一人でここを切りぬけろってのか。くるくると、忙しなく動く目が、そう訴えている。

だが、泣きべそを掻きながらだろうが、狼狽えながらだろうが、源太はそつなく誤魔化してくれる。弥生たちが戻るまで、皆が座敷に揃っている振りで笑い話を続けてくれる。そういう男だ。

「それじゃ、早いとこ行きやしょう」

おようが硬い面持ちで、お艶は心許なげに、弥生に頷きかけた。

裏木戸から抜け出し、そっと様子を確かめた店は、弥生が考えていたよりも大きな騒ぎになっていた。右も左も分からない様子で手代の手を煩わせる田舎客、あれも出せ、これも見せろと我儘放題の金持ち商人、贔屓の役者の似絵がちっとも似ていないと文句を付けている娘、お昌も随分と張り込んだものだ。さぞかし東雨に金子を出させたのだろうと、弥生は少し申し訳なく、一方で可笑しく思った。

心配そうに店先を見遣る女二人を促し、猪牙を泊めてある竹河岸へ着くと、見覚えのある渋面が弥生を待ち受けていた。『松波屋』の半纏を脱いだ着流し姿で赤の他人を装っている啓治郎は、お艶を見て眉を吊り上げ、苦々しい目つきで「こんなこったろうと思ったぜ」と、伝えてくる。

すれ違いざま、弥生は啓治郎へ囁いた。

「源太を頼む」

「馬鹿野郎」

弥生は小さく微笑んで心配性の相方をからかった。

「着流し姿も、男前だぜ」

「いいから、さっさと行け」

擽ったそうな啓治郎の顰め面が、男らしく、頼もしく見えた。

五

弥生は出来る限り速く、なるべく猪牙が揺れないよう気遣って舟を進めた。初めは人の目を避けるように縮こまっていたお艶も、頬に当たる心地よい川風と夏の名残の眩しい日差しに、少しずつ手足、心の力を抜いているようだ。

鐘ヶ淵に着いたのは八つ半頃で、綾瀬川の堤は、東雨を乗せて来た日と同じように、人でごった返していた。急に多くなった舟の数と人出に、お艶が怯えた顔をする。おようがお艶の手を握り締めて励ました。

「皆さん合歓の花に夢中ですから、大丈夫ですよ」

おようの囁きに、お艶が少し笑って頷く。橋から少し離れた処に猪牙を泊め、お艶とおようを案内してゆっくりと歩を進める。途中、幾度も立ち止まっては周りを窺う様子を見せるお艶を励まし、人を除けながら。

近くで見る合歓の花は、美しかった。白地にほんのり紅を乗せた綿毛のような花が揺れるたび、仄かな甘い匂いが辺りに漂う。

ゆらゆら。

ふわ、ふわ。

見上げる者の心の角を優しく擦って丸くするように、揺れては匂い、また揺れる。

――赤ん坊が、笑っているようね。

見物客の呟きに、お艶がはっとした。辺りを忙しなく見回し、満開の枝を見上げる。

「御内儀様」

宥めようとしたおようを、弥生は軽く手を上げて止めた。

血の気の失せたお艶の頬を、つ、と一筋涙が伝った。瞳は変わらず哀しげだけれど、静かに凪いでいる。

「笑って、いるの」

お艶が、合歓の花に向かって語りかけた。

「お前はそこで、幸せなの。おっ母さんを、許してくれるの」

ざ、と、巻いた風に一際大きく枝が揺れた。弥生の目にも、花が楽しげにはしゃいでいるように見えた。

ああ。

溜息にも似た呟きを、お艶が零した。

「御内儀様。ほら、笑っておいでですよ。あそこでも、ここでも、お嬢様が」

お艶を脇から支え、しきりに話し掛けているおようの声も潤み、掠れている。ただ立ちつくし、声もなく泣き続けるお艶に、弥生は静かに語った。

「すぐ近くに、木母寺って寺がありやしてね。昔、攫われた挙句病で死んだ梅若丸ってぇ子供の塚がありやす。一年経ってようやく捜し当てた母親は、息子の死を知り身を投げたんだとか」

「船頭さん」

責めるように、おようが弥生の袖を引いた。お艶は、静かな目で弥生を見ている。弥生は、鎌倉でひっそりと暮らしている母の面影をお艶に重ね、続けた。

「子供にとっちゃあ、母親が元気でいてくれるのが一番だ。それが手前ぇの所為で、身を投げたり泣き暮らされたりしちゃあ、あの世でやり切れねぇんじゃあごぜぇやせんか」

お艶が、問い掛けるように弥生の瞳を覗いた。母の言葉が弥生の胸に蘇る。

――母が待っていることをどうか忘れないでおくれ。辛くなったお前がいつでも帰れるよう、ここは必ず母が守るから。

母のその餞が、苦労を掛けて済まないという詫びよりも、細やかな心配よりも、弥生の支えになっていた。もしかしたら生きては二度と会えない。分かっていてなお、そう言い切ってくれた母の強さは、大きな力だ。

「船頭さんの、親御は」

「父はあっしが生まれてすぐに亡くなりやした。母はなかなか会えやせんが、元気に暮らしているようでごぜぇやす」

「それで、いいとおっしゃるのね。母御が元気でいれば」

「後はあっしを忘れずにいてくれりゃあ、もうそれで十分でさ」

顔を見たい。会って話がしたい。伝えたいこと、訊きたいことは山ほどある。それが正直な気持ちだ。でも弥生は母が恋しくなる度、こう考えることにしている。

母が元気で、穏やかに過ごしてくれていれば、他の望みは大したことじゃない。

おようも、自分に言い聞かせるように大きくひとつ頷いた。そういえばこの子もここ数年、里帰りをしていないのだったな、と思い起こす。

「梅若丸の塚、お参りさせていただけないかしら」

ぽつりとお艶が呟いた。おようが縋る目で弥生を見上げている。弥生は暫く考えて、ゆっくり首を横へ振った。

「今はお止しになったがいい。御内儀さんがまず手を合わせなきゃいけねぇ子は、梅若丸じゃなくて他においでだ。子の後を追った見ず知らずの母親より先に、近くでずっと御内儀さんを心配してくれてた娘さんを、まず哀れまなきゃいけねぇんじゃございやせんか」

初めに話を聞いた時、弥生はお艶を気の毒に思っていた。けれど『美原屋』に来てみて、考えが変わった。女房をまともに見ることができない主、自分のことを放ってまで、お艶を必死に気遣うおよう、お艶がおようにのめり込むほど、目を向けて貰えない、死んだ赤子。

お艶さえ娘の死と向き合えば、皆が救われる。弥生は、自分の母がそうしているように、お艶にも逃げずにいて欲しかった。

お艶が、傍らに寄り添うおようを見た。

「御内儀様」

おようが囁く。お艶の顔が、おようから合歓の木へ移った。

白と紅の花が、そよそよと夕の風に誘われ、揺れている。

細く長い息が、血の気の戻ったお艶の唇から洩れた。

「ちゃんと目を向ければ、お前はいつもそうやって、笑ってくれていたのにね」

お艶の涙が止まるまで、弥生はおようと共に静かに見守った。

お艶が、ゆっくりと合歓の花から目を逸らした。

「帰りましょうか。留守を頼んでしまった、あの楽しいお人が困ったことになっていたら、大変」

おようが目を見張り、滲んだ涙を隠しながら「そうですね、御内儀様」と受けた。

久し振りに外出をしたからか、思う存分泣いたからなのか、帰りの猪牙で、お艶は疲れた様子でおように凭れてうつらうつら始めた。おようが小さな声で弥生に語りかける。

「驚きました。御内儀様はずっと御自分の中に閉じこもっていらして、誰かを気遣うことなんて、ここしばらくなかったから」

「そうですか」

弥生も静かに応える。

櫓の軋りと水の音に誘われるように、おようは続けた。

お艶は、表を酷く怖がっていたのだという。

——あれが、赤子を死なせた母親か。

すれ違う人々の何気ない遣り取りが、そう聞こえる。ちらりとあった眼が、責めているように見える。

そうして、家から出なくなった。

「私、お礼を言わなくちゃ。松波屋の皆さんにも、御隠居様のお名前を使って内緒の鐘ヶ淵行きを手配してくだすった方にも」

驚いた弥生に、おようは、うふふ、と娘らしい笑いで応えた。

「私には、いつも助けてくれる『誰かさん』がいるんですよ。弟の薬代が入用で、他の子たちより少し早く奉公に出なきゃならなくなった時、画や本が好きなあたしのために、『美原屋』さんに口を利いてくだすったお人です。女中奉公を始めてからも、わざと文箱を壊された時には新しい文箱、酷く叱られた時には、値の張る金平糖。小さな金平糖ならこっそり口に入れても、誰にも分からないでしょう。外出が出来なくなってからは、流行りの名所画を、沢山届けてくれた」

おようは、東雨のことをどれだけ知っているのだろう。小さな鈴を鳴らすように、おようはまた笑った。

「だって、甘いものがお嫌いな御隠居様が『金平糖』なんて、変でしょう。恐る恐る伺ったら、教えて下さいました。お前を見守ってくれているお人がいる。だから、ひねたり、くじけてはいけない。辛抱しなさいって。どこのどなたなのかは教えていただけなかったから、『誰かさん』なんです」

その『誰かさん』から届いた、流行りの名所画本、葛城東雨作『向島細見』の「綾瀬川の合歓」を見て、おようは隠居の前で泣いてしまった。子供の頃大好きだった合歓の木が懐かしかった。思い出をそのまま写し取ったような細かな花が、画の中でおようを励ましてくれているように見えた。

がんばれ。ほら、笑って。

おようが、目尻の涙を指で拭った。弥生が、そっと訊く。

「ばたばたしてやしたから、ゆっくり合歓の木見物が出来なかったんじゃあございやせんか」

およう は首を横へ振った。

「昔見たのとも、『向島細見』の画とも、そっくり同じでした。子供の頃、合歓を描こうとしていた絵師さんの邪魔をしてしまったことも思い出して、懐かしくて嬉しかった。御内儀様が喜んでくださいましたから、もう充分です。船頭さんには無理を言ってすみませんでした」

「御内儀さんの為じゃなく、おようさんご自身の願い事はねぇんですかい」

東雨に伝えてやりたくて、弥生は訊いた。およらは、迷っているようだ。

「いいから、言って御覧なさい。川の神様が叶えて下さるかもしれやせんよ」

「川の、神様」

「あっしらが、いつもお願いしてる神様です。今日も一日、手前ぇもお客さんも舟も仲間も、みんなが無事でありますようにってね。毎日叶えて下さいやすよ」

少し黙ってから、およらはぽつりと呟いた。

「『誰かさん』に会いたい。会ってお礼を言いたい。どうしてこんなに良くしてくれるのか、訊いてみたい」

叶うと、ようございやすね。

静かに応じた弥生に、およらは小さく頷いた。

六

未だに慌ただしさが収まらない『美原屋』へお艶とおようを送り届け、弥生は源太、啓治郎と共に『松波屋』へ戻った。滑稽な一人芝居を必死で続けた源太からは、宿へ帰りつくまで、散々泣きごとと文句を聞かされた。

しばらくして、『美原屋』から改めて礼が届いた。源太の笑い話からこちら、お艶が目に見えて明るく、落ち着いてきたのだそうだ。その二日後、東雨が松波屋を訪ねた。

川面を渡る風が、秋の涼しさを纏い始めた頃だ。

『美原屋』の内儀と女中を鐘ヶ淵まで乗せた船頭を頼みたい。そう告げた東雨に、「どこでどう、あの時のからくりが知れるか分からないから」と止める啓治郎を振り切って、弥生は猪牙を出した。東雨の厳めしい顔が、弥生を認めて驚きを浮かべる。

「船頭さん、確か弥吉さん、だったね」

「へぇ。毎度ご贔屓に」

弥生が微笑むと、東雨も口許を綻ばせた。

「鐘ヶ淵まで頼む」

「承知しやした」

隅田川へ出ると、川面に白い波が立っていた。東雨が呟く。

「今日は、少し風が強いな」

「もう、秋でごぜぇやすから」

「それでも他の猪牙より揺れが少ない気がするのは、弥吉さんの腕だろうね」

「恐れ入りやす」

他愛ない遣り取りの後、少し間を空けて、東雨が切り出した。

「私は『美原屋』さんの御隠居と懇意にしていてね。骨の折れる仕事を頼まれてしまったとか。申し訳ないことをしたと、御隠居が詫びていたよ」

裏に『とんずら屋』が関わっていたことを『松波屋』も承知している。

東雨にそう思われては困るが、弥生はなんとかして、おようの「願い事」を伝えたかった。言葉を選びながら、告げる。

「おようさん、よく気の付く娘さんでございやした。実はあの合歓の木見物、どうも御隠居さんのお考えではねぇようでして」

「ほう」

東雨の声が微かに上擦った。弥生は笑いを噛み殺して惚けた。

「『美原屋』さんに奉公の口を利いてくれたのを始まりに、ずっと御隠居さんのお名を使って、励ましたり慰めたりしてくだすったお人がいるんだそうで。そのお人がなんで名乗りでねぇのかは分かりやせんが、おようさんは会って礼が言いたい、なぜ良くしてくれるのか知りたい、そう仰っておいででした」

「きっと、そのお人はどう名乗り出ていいのか、分からずにいるのだろう。照れくさいというのもあるかもしれぬぞ」

あさっての方を眺めながら嘯いた東雨に、弥生は言い足した。

「『合歓の木を描こうとしていた絵師さん』も、覚えておいででしたぜ」

うほん、と東雨が大きな空咳をした。弥生は笑いを堪えるのに苦労をした。

「風が、随分と冷たくなってきたな」

ひっくり返った声で呟いてから、東雨はしんみりと、どこか嬉しそうに教えてくれた。

「次の藪入りには、おようさんにも久し振りに里帰りさせてやれそうだと、御隠居が言っていた」

「そいつは、よかった。ついでに願い事も叶えば、いいんですけどね」

長い間の後、波の音に紛れて、東雨から照れの色の濃い小さな答えが返ってきた。

──そうなると、いいな。

裏

「ほう。そうきやすか」

向かいに座った碁の相手が、楽しげに呟く。今日は、どうにも市兵衛の分が悪い。

「なんだい。逃げ場のない鼠を甚振(いたぶ)る猫みたいな目をして」

悔し紛れの悪態に、実直な男の顔が困ったように綻(ほころ)んだ。

「そいつは、ずいぶんな仰りようで」

「だって、楽しそうだよ」

いつもの通り、『浜乃湯』の二階での遣(や)り取りだ。大工たちがやってくる頃合いにはまだ早く、他の客の姿はない。

負けが見えている勝負は、嫌いではない。相手が気を緩めた隙に一矢(いっし)報いる、あわよくば形勢をひっくり返す時の胸がすく心地は、飛び切りだ。

けれど、今日はどうにも、その取っ掛かりさえ摑(つか)めずにいる。

「旦那らしくありやせんね」

じゃらじゃらと、碁石を手の中で弄ぶばかりの市兵衛に、向かいの男は人の悪い笑みの気配を消して、訊いた。

「『若旦那の皮を被った若様』が、気になりやすか」

ううん、とふざけた風に唸ってから、市兵衛も面を改める。

「ちょっと、買い被っていたかな、と思ってね」

——血は争えない。

進右衛門は、弥生にそう言ったのだという。酷く冷たい、皮肉の混じった声で。

耳にしたのは他でもない、自分が信を置いている、この男だ。勘違いや気のせいということは、あり得ない。

「もう少し曇りのない眼で、あの娘を評するのではないかと、踏んでいたんだけれど」

「まだ、そうと決まった訳じゃあございやせんよ」

応えない「元締め」に、「草」が静かに申し出た。

「とりあえずは、今より気をつけて、様子を窺っておきやす」

「ああ、頼むよ」

返事をし、市兵衛は、当たり障りのない処に石を置いた。

ぱちりと、硬く頼りない音が響いた。

第三話　箱根——夜逃（よにげ）

何を、得意になってたんだろう。

もがけばもがくほど、水を含んだ着物が、手足に重くきつく絡みつく。

『お嬢、筋がいいじゃねぇか』

『こりゃあ、いい船頭になるぜ』

『松波屋の看板、娘船頭だ』

散々甘やかしてくれる船頭たちの言葉に、調子に乗って。馬鹿みたい。

どちらが上なのか。どこへ向かえば息ができるのか、もう分からない。

きぃん。

耳の奥で厭（いや）な音が鳴った。高くうねる耳鳴りの隙間から、松岡（まつがおか）の寺にいた駆け込み女の呟（つぶや）きが覗（のぞ）く。

——外は、優しい人ばっかじゃ、ないんだよ。

がぼりと、口に水が入ってきた。くるしい。

だれか、たすけて。

自分の猪牙の横腹に舳先を当ててきた船頭の薄笑いが、泡の向こうに浮かんでいる。

川へ落ちる刹那、船頭は確かに自分に向かって言い放った。

——痩せっぽちの小娘が、いい気になって櫂なんざ振りまわすから、こういうめに遭うんだぜ。

ごめんなさい。

詫びた筈の口から出たのは、小さな泡がほんの少し。

鼻が痛い。頭が痛い。息ができない。

ごめんなさい。ごめんなさい。たすけて。

眼の前が、明るい赤に染まった。

一

弥生は、飛び起きた。

夢中で吸った自分の息で、派手に噎せ返る。目頭と鼻の奥が、水が入ったようにつんと痛んだ。両手がひとりでに喉を押さえる。涙が止まらない。震えも、止まらない。

あの時の夢を見ると、いつもこうだ。

抱いてはいけない望みに色気を出すと、いつもあの時の夢を見る。

そう、いつものことだ。だから自分は、落ち着き方を知っている。

ゆっくりと、浅い息を繰り返す。布団を握りしめた指を少しずつ解(ほど)く。

今日は、隣の部屋で眠っているお昌と市兵衛を起こさずに済んだらしい。

ほっとした途端に、汗が噴き出た。濡(ぬ)れた肌に貼りつく夜着が、溺(おぼ)れかけた時の肌触りと妙に似ていて、弥生は急いで布団から出た。汗をぬぐい、夜着を替える指がまだ強(こわ)張(ば)っていて、もどかしい。

着替え終わって床へ戻り、小さな雨音に気付いた。

夜明けまでは間がありそうだ。もう少し寝ておかないと、明日の仕事に障る。

弥生の頭を惧(おそ)れが掠(かす)めた。

明日、自分は舟に乗れるのだろうか。

もし、櫓(ろ)を持つ手が汗で滑ったら。お客さんをお乗せしている猪牙を、ひっくり返してしまったら――。

心の臓が、大きく跳ねた。

手足の先が、忙(せわ)しなく脈を打っている。

弥生は、眠るのを諦(あきら)めた。

いつまで、辛抱しなければいけないのだろう。こんな思いをどれだけ抱え続ければいいのか。湧き上がった苛立(いらだ)ちを振り払う勢いで、身体を起こした。

音をたてないように床を上げ、船頭の身支度を整えて、船着き場へ向かう。

風のない闇に、水面を打つ雨の音が途切れなく響いている。とりたてて、何の変わりもない「雨の夜明け前」のはずだ。

なのに、自分の耳だけが、不吉で恐ろしい前触れのように捉えている。

そろりと、自分の猪牙の前に立った。

今のうちに、乗れることを確かめておかなければいけない。他の船頭や客の前でうろたえられない。

焦る頭とは裏腹に、心は萎れていく。あっという間に藍半纏が雨に濡れて重くなる。

濡れるのくらい、なんてことないじゃない。あの後だって、幾度も舟から落ちたけど、すぐに慣れたでしょう。

ことさら厳しく自分に言い聞かせ、鳥もちを踏んでしまったような足を、猪牙へ伸ばした。

妙な力が入った分、大きく舟が揺れる。ぎょっとして陸へ跳び退いた。

ふいに、後ろから傘を差しかけられ、振り向く。

「啓治」

我ながら舌打ちしたくなるほど、心細げで情けない声だ。闇に慣れてきた眼が、啓治郎の穏やかな瞳とぶつかる。

「風邪ひくぜ」

ぶっきらぼうな物言いが、酷く優しく耳に沁み込んだ。

ほっとけ。

普段なら、そう言い捨てて、啓治郎の傘から出るのに。自分に厭気がさして項垂れた時、頭の上から大きな番傘がどいた。

甘えるなと言われたようで、ぎくりとする。慌てて顔を上げると、啓治郎は弥生の隣に泊めてある自分の猪牙の舫を解いていた。弥生を見ずに告げる。

「蓑と笠、着けろよ」

啓治郎は、何もかもお見通しだ。

熱いもので霞んだ視界を、忙しない瞬きで晴らし、弥生は自分の猪牙から蓑と笠を取り上げた。

啓治郎の舟に近づく。すぐ手前で足がすくんだ。

啓治郎が手を貸してくれる様子はない。けれど、何かあったらすぐに手を伸ばすつもりでいるのが、気配で分かった。

夢から引きずってきた恐ろしさが少し和らいだ気がする。ゆっくりと啓治郎の猪牙に乗り込んだ。舟ごと身体が沈み、すぐに押し戻されるように浮く。細長い舟が、振り子のように左右へ振られる。

骨の髄まで染みついている揺れだ。心が怖気づく前に、身体が釣り合いを取ろうと、ひとりでに動く。

ぎ、ぎ、と啓治郎の櫓が鳴った。猪牙が陸を離れる。

雨足が少し強くなったようだ。笠の上で、雨粒がぱたぱたと、軽い音を立てて跳ねている。

舟が水面を滑るほどに、肌が、手足が、思い出してくれる。

櫓の操り方、身体の使い方、水に投げ出された時の動き、「船頭の弥吉」の、自分。

薄れていく悪夢の名残に代わって弥生を捕えたのは、情けない自らへの憤りと嘲りだ。

――縞の黄八丈の小袖が良く映える娘で、髪には、そうだね、ちょっと気が早いけれど楓の細工の平打ちか、珊瑚の玉簪。

進右衛門の、自分に向けられたのではない言葉に、一人で浮かれ、ついその気になってしまった。

いつか、本当の自分に戻れたらいい。ただの娘として生きたい。

心の隅で、ずっと変わらず願い続けている。けれど、その「いつか」がとれてしまった時。ちょっとくらいなら、今すぐ、弥生に戻ってもいいかもしれないと考えた時。

浮ついた欲が顔を覗かせると、決まってあの夢を見る。

現とそっくり同じ肌触りと恐ろしさを引き連れて、あの夢は弥生の枕元にやってくる。

「妙な色気を出すな、ってことだよな」

弥生は、弥吉の物言いで呟いた。

「弥吉の正体が知れれば、松波屋の皆に厄介をかける。分かってるなら浮かれるなって、ことだ」

続けた言葉は、荒んだ音色を帯びて弥生自身の耳に届いた。長く息苦しい間を、途切れない雨音が埋めてゆく。

「だったら、辞めちまえ」

啓治郎が、穏やかに言った。

「え」

「そんなにしんどいなら、船頭なんざ辞めちまやぁいい。紅刷いて可愛い簪挿して、女将さんの姪っ娘に戻りゃいいんだ。皆、それでお前ぇが変わるたあ、思ってねぇ。お前ぇはお前ぇだ」

弥生は、唇をきつく噛み締めた。笠を目深に被り直し、歯の間から押し出すように文句を言う。

「馬鹿野郎。そんなこと今言われたら、泣くじゃないか」

「泣き虫だもんなあ、弥吉は」

啓治郎の含み笑いが、悔しかった。

二

雨が上がり、鼠色の雲の隙間から青い空が覗き始めたのが、八つ半を少し過ぎた頃だった。今宵は啓治郎と二人、辰巳芸者を連れた川遊びに、屋根船を出すことになっている。雨が止んだのは何よりだが、肝心の啓治郎の姿がない。船を出すまでには間があるが、仕度は早めに済ませておくかと思い立った時、源太が底抜けに明るい声と共に、駆け寄ってきた。

「弥吉ぃ、『吉野屋』の若旦那がお呼びだってさ」

「お呼びって、なんだよ」

　眼の前でぴょこんと立ち止まり、息ひとつ弾ませずに告げた源太へ、弥生はぶっきらぼうに訊いた。昨夜見た夢の切っ掛けは、進右衛門の言葉だ。八つ当たりをするつもりはないが、折角振り払った、浮ついた幻を呼び戻すのも御免だ。

「両国橋の西の袂まで、迎えに来て欲しいそうだよ」

「宵の川遊びのお客さんの仕度があるんだ。他の奴に頼んでくれ」

「必ず弥吉にって、わざわざ使いが来たんだ。若旦那は長逗留のお得意さんだぜ。ここは弥吉が行かなきゃあ」

「まったく。何の粋狂か知らねぇが、わざわざおいらを呼びださなくたって、両国橋ならいくらでも猪牙は捕まるだろうに。そのがよっぽど話が早ぇぞ」

　鼻に皺を寄せた弥生に、源太は、さっと頭を両腕で押さえて、縮こまった。

「お、おお、おいらぁ、番頭さんじゃなくて、ただの船大工だぜ。そんなに怒らないでくれよぉ」

　源太の言う通り、これは筋違いだ。決まりが悪いやら、突かれた亀の様な源太が可笑しいやらで、弥生は「悪ぃ」、と詫びてから、「何も、おいらはひっぱたきゃしないぜ」と、言い添えた。

おずおずと、頭の上から両腕を外し、源太が子供じみた物言いで文句を垂れる。

「だって。女将さんか啓治みてぇな顔してた」

それは、源太にとって世にも恐ろしい形相だったろう。

「そいつは、済まなかった」

おどけて笑った弥生に、源太も剽げた笑みで応じる。

「おっかねぇのは女将さんと啓治だけで、充分だよなあ。そうだ、屋根船の仕度なら、おいらがしといてやるよ」

「それこそ、船大工の仕事じゃあないだろう」

「まあ、それはそれ、これはこれってやつだ」

しゅるりと鼻の下を人差し指で擦った剽げ顔が、可笑しい。やはり、源太は人の心を軽くする名人だ。今なら、間違いなく普段と同じように舟を出せそうな気がする。

「行ってくる」

晴れやかな心地で、弥生は自分の猪牙へ向かった。

「これを渡そうと思ってね」

陸へ上がるよう弥生を促した進右衛門は、細長い木箱を差し出した。

「なんでごぜぇやしょう」

「さすがに松波屋で渡すには、ちょいと具合が悪い代物なんだ」

触れてはいけない。

受け取っては、いけない。

頭が、体中が、躍起になって弥生を止めていた。

手を伸ばさない弥生に、ほら、と軽く木箱を揺らす。

「こいつは、何でごぜぇやすか」

訊いた自分の声が、乾いて掠れていた。

「開けてみれば、分かるよ」

返事もせず、受け取ろうともしない弥生に、進右衛門が眦を下げた。

「何だい、つまらないねぇ。こういうのは、蓋を開けて驚く顔を見るのが、愉しみなんじゃないか」

ふう、と大袈裟な溜息に微かな照れが混じっているような気がする。進右衛門の案外男らしい指が、木の蓋をそっと開けた。

薄い雲を通して差し込む秋の日差しに照らされ、銀の簪が、淡く細かい光を弾いていた。

胃の腑の上に石を乗せられたような心地がして、弥生は唇を噛んだ。

進右衛門が手元に落としていた眼差しを、弥生へ向けた。

こちらの出方を、見られている。

心の裡まで、覗きこもうというような、ゆるぎない力を目の光に感じ、弥生は狼狽えた。

ここで慌てたら、敵の思うつぼじゃないか。

分かってはいるが、浮足立った心は早々容易く落ち着かない。

こともなげに、進右衛門は言う。

「珊瑚のいいのはなかったけど、なかなか趣味のいい銀の平打ちを見つけてね。きっと似合うよ」

弥生は、そっと唇を湿らせ、進右衛門を見返した。

源太のように剽げたつもりの笑みは、自分でも分かるほど、ぎこちない。

「おようさん、っておっしゃいやしたか。『美原屋』の女中さんにお届けしろって、ことですかい。そいつを船頭に頼むなあ、見当違いですぜ、若旦那」

このまま、惚け通すことはできないか。

淡い望みは、無造作に散らされた。

進右衛門が、端正な笑みを浮かべる。

「あの可愛らしい娘に、この粋な平打ちは似合わないよ。言ったろう、私は『縞の黄八丈の小袖が良く映える娘』と一緒に歩きたいって。お前さんのことだよ」

ほら、いいからお取り。

軽い口調で促した進右衛門の顔は、厳しく、そしてどこか真摯だ。

どうする。

頭のあちこちで、瞬いては消える光が鬱陶しい。

切り抜ける。

「御冗談を」

ようやく、それだけが言葉になった。

「何も、船頭の形のまま挿せとは、言わないよ」

「あっしが頂いても、使い道がございやせん」

「強情だなあ、弥吉は」

「若旦那——」

「強情なのは、どちらさんでしょう」

堪らず声を荒らげた弥生を抑えるように割って入ったのは、啓治郎だ。

「やれやれ。厄介なお邪魔虫のおいでだ」

浮ついた調子でぼやいた進右衛門の面が、半端に凍りついた。啓治郎の厳しい眼が、真っ直ぐに『吉野屋』の若旦那を射る。

「啓治」

ほっとして膝が砕けそうになった弥生の腕を、啓治郎がぐい、と引いた。あっという間に広い背に庇われる。

「こいつは、『頂戴できねぇ』と、申しておりやす」

ゆっくりと、進右衛門が箱の蓋を閉めた。ふっと、息だけで皮肉に笑う。

「いつも世話になっている礼を、弥吉に渡そうとしただけだよ。まるで私が弥吉をかどわかそうとしてるみたいだ」

「違いやすか」

すかさず言い返した啓治郎が、むき出しの敵意を纏った。

「それとも、かどわかしじゃなく人殺しですかい、若旦那。いや、若旦那かどうかも、分かりゃしねぇ」

進右衛門が、すう、と眼を細めた。

「啓治、どういうことだ」

前へ回ろうとして、弥生は啓治郎に押し戻された。ひたと進右衛門に眼を据えたままで、啓治郎がひんやりと答える。

「ここのところ、御勝手が過ぎる。いくら得意客といったって、弥吉をお抱え扱いしねぇでくれ。女将さんの言伝を伝えに行ったら、丁度お出かけになるところだったんだよ。若旦那のご様子がちょいとばかり気になったから、失礼ながら後を追わせて貰ったんだ。そうしたら、どこかのお侍と落ち合うなり、ひそひそ話が始まったって訳さ」

侍と聞いて、弥生の胸が、縮み上がった。

まさか。それとも、やっぱり、だろうか。

痺れかけた頭に浮かんだ考えを裏付けるように、啓治郎が進右衛門を追いつめる。

「妙ちきりんな見世物でごぜぇやしたよ。どこかのご家臣らしい立派な身なりのお侍が、大店とはいえ、商人の息子に向かって、馬鹿っ丁寧に口を利いてる。確か、『若』って呼んでたっけねぇ。ありゃ、若旦那の若ですかい。それにしちゃあ、若旦那の物言いも、まるでお武家そのまんまだった」

進右衛門の双眸が、厳しい光を放った。啓治郎は怯まない。

「あのお侍は、若旦那にこう仰っておいででしたね」

――若、御父上様からのお言伝にございます。『どうあっても弥生様をこちらに任せる気がないというのなら、お前の責で好きにするがよい。ただし、我がものにするなり、亡きものにするなり、さっさとどうにかせよ。早晩あちらも嗅ぎつけるぞ』、と。

進右衛門が、うっすらと笑んだ。浮ついているけれど、温かみのある笑みを見慣れている弥生は、ぎくりとした。

「あそこにいたとはね。まるで気付かなかったな」

笑みと同じ、皮一枚を切り裂く鋭い刃を思わせる物言いだ。

震えそうになる身体を宥めようと、弥生は眼の前の啓治郎の袖を握りしめた。労わるような進右衛門の視線に気づき、頭に血が上った。

自分は、父方の「やんごとなき御血筋」とやらを引いているのだと、いう。母は、父に大切にされていたそうだ。

だったらなぜ、自分たち母子がこんなめに遭っているのか。

「邪魔だ」というのなら、どうして忘れてくれない。

母も自分も、一度だってその「やんごとなき」身内に加えて欲しいと望んだことはないのに。

憤りが、湧き上がる。

いっそ進右衛門に言ってやれば、少しは心が軽くなるのだろうか。

自分は、誰の味方にも敵にも、なるつもりはない。御殿様だとか御家老様だとか、偉い人たちと関わりあいになるのは、何があっても御免だ。今すぐ、お国許（くにもと）へそうお知らせください、と。

けれど弥生は、掛け値のない本音を胸の奥に仕舞い直した。

手の裡を明かさないのは、「とんずら」でも鉄則だ。腹の裡を知られることが、負けに繋（つな）がる時もある。

啓治郎を押しのけ、ゆっくり進右衛門へ近づいた。

「弥吉」

心配そうな声で、啓治郎が弥生を呼んだ。大丈夫、と笑いかけ、進右衛門へ向き直る。

「母を、助けたかった」

負けるものか。弥生は、斬りつけるように言葉を紡いだ。

「母を動けなくしている重い枷（かせ）を外し、楽にしてやりたかった。その上で今の暮らしを選ぶなら、それはそれでいい。行きつくところは同じでも、強いられ、息を詰めて、周りに気を遣って、肩身の狭い毎日を送らせちゃならない。そう決心して、あっしは江戸へ出てきやした」

弥生を狙う者たちから、身を隠さなければいけない。生まれた時から慈しんでくれた人たちまで、巻き込んではいけない。それがお昌の勧めに従って、危険を承知で東慶寺から去った一番の訳だ。けれど、恐ろしさや心細さに押しつぶされそうになる自分を奮い立たせるには、顔を上げて生きるための望みが、要る。弥生にとってその望みは、母を助けることだった。

「一番大切な望みだったはずなのに、ちょろっと甘い言葉を耳にしただけで、あっさり忘れて浮かれちまった。あの夢は、やっぱりお天道様が怠け者で考えなしのあっしを叱ってくだすったってぇことなんでしょう」

「夢」

問い掛けるように、進右衛門が繰り返す。眼にありったけの力を込めて、進右衛門を睨んだ。

弥生は、浮ついた振舞いの陰から、優しさや気遣いを覗かせる進右衛門が、嫌いではなかった。東慶寺へのとんずらでは、弥生も啓治郎も助けられた。鎌倉界隈の地廻りを動かすのも、粋狂の暇つぶしとはいえ、苦労があったろう。地廻りの親分と懇意だというのも、人柄の深さゆえだろうと、感心してもいた。

おようと『美原屋』を気遣う心根は、掛け値なしだと、信じかけていた。

この、浮ついている癖に、涼風の様な清々しさを纏っている若旦那が、自分の敵と、関わりがなければいい。そんな風に、近頃は念じるようになっていた。

けれど、それもこれも、自分を罠に掛ける為の、芝居だったのだ。

弥生は、自らの浅く甘い考えを、嘲笑った。

「けど、怠け者の浮かれっぷりも、無駄にゃあならなかった。敵さんが尻尾を出してくれりゃあ、こちとらもいくらだって動きようがあるってもんだ。煮るなり焼くなり、好きに思案をしてくだせぇ。もっとも、大人しく煮炊きされるつもりは、ありやせんが」

腹立ち紛れに憎まれ口をぶつけても、進右衛門の静かな佇まいは変わらない。

何かを訴えるような目で、弥生を見つめている。

その手が、ゆっくりと小さな箱を再び弥生に差し出した。

「受け取っては、くれないか」

情けなさに、目の前が赤く染まった。

「そんなものに、あっしが飛び付くとでも」

自分で驚くほど、平坦で冷ややかな物言いができた。

「くだらねぇ御家騒動の道具にされるくらいなら、一生股引姿で猪牙操ってる方が、ましでさ」

ふいに、進右衛門の眼差しが厳しくなった。

「母御を助けたかった。そう言ったね」

「それが、何だってんで」

「だったら」と応じた進右衛門の声には、真摯で、強い力が籠っていた。

「だったら、ともかくこれを受け取っておいた方が、いい」

ここで母を引き合いに出すとは。

握りしめた拳が、震える。

「どこまで、卑怯なの」

冷たい娘言葉が、ひとりでに口から零れた。

負けない。くじけるもんか。

「私も母も、父の仇の傀儡になり下がってまで生きながらえようとは、思いません」

進右衛門が、冷たく笑った。

いくぞ。

啓治郎を促して、弥生は踵を返した。

背中に、いつまでも進右衛門の視線が刺さっているような、気がしていた。

三

屋根に下げた提灯の灯りが、幾つもの小さな光に姿を変えて、水面で揺れる。辰巳芸者が羽織に薫きしめている香の甘い匂い、小粋な三味線の音、笑いさんざめく声。

客への礼儀を弁えている玄人女は、座を盛り上げる為に船頭をからかうことはしても、決して妙な色目を送ってこない。女客には何かと気を遣うことの多い啓治郎も弥生も、この夜は、気安く軽口に応じながら船頭を務めることができた。

陽気で洒落た粋人たちの川遊びのおかげで、沈んでいた気が随分紛れたようだ。少し軽くなった心で船の手入れを終えた弥生を、お昌が呼び出した。

普段より濃く立ち込める帳場の煙草の煙が、お昌の機嫌の悪さを物語っている。一足先に来ていたらしい啓治郎と言い合いでもしたのだろうか、啓治郎は怖い顔をしているし、お昌は能面を着けたよう――つまり、とんでもなく怒っている証だ。

「ついでに、お前にも言っとくけどね、弥吉」

静かな物言いで、お昌が切り出した。

「お前たちに、松波屋のご贔屓さんをとやかく言う許しを出した覚えはないし、出すつもりもない。困ったお客さんをどうするか決めるのは、亭主とあたしの仕事だ」

弥生は、すぐに返事ができなかった。

お昌が誰のことを言っているのか、分かっている。啓治郎が何の話をしたのかも、お昌が口を開く前から見当はついていた。

なら、どうして。

恨めしい気持ちが、頭を擡げる。

いたのでしょう。

どうして、「吉野屋の若旦那」を放っておくの。あのひとの正体は啓治さんから、聞

昼の先までせり上がってきた言葉を、弥生は呑み込んだ。市兵衛とお昌が、進右衛門が何者なのか、承知した上での知らぬ振りなら、自分が口を出す筋合いではない。

頭ではすんなり分かっていることに、心が追いつくのが遅れる。

つい、恨めしい眼で弥生が叔母を見遣った。お昌は動じない。

どっしりと頼もしいお昌を見ている内に、ああ、そうかと、思い至った。

お昌も、昼間の弥生と同じことを考えているのだ。

敵に手の裡を見せるものではない。

若旦那の出方を、後ろに控える敵の様子を、見極めるつもりなのだ。

弥生は、小さく笑った。

「分かってます、女将さん」

応えた弥生の瞳を、お昌が覗きこむ。少しして、お昌も口許を和ませた。短く息を吐いて、すぐに面を引き締める。

「仕事だよ」

弥生が返事をする前に、啓治郎が「へぇ」と応じた。生真面目で律儀な啓治郎ならではの、切り替えだ。お昌が啓治郎を一瞥し、続ける。

「逃がす相手は男一人、借金の踏み倒しだ。とんずら先は、箱根関まで」

「手形は、本物をお持ちなんで」

啓治郎が訊く。お昌が頷いた。

「箱根の出先を動かすまでもない。さっさと関所を越えちまえば、安心って訳だ」

「手形を持てる真っ当なお人が、なんだって借金を踏み倒す羽目になったんで」

弥生の問いに、お昌が淡々と経緯を語った。

＊

客の名は、政三。そこそこの腕の建具職人で、大人しい男だ。そこそこの長屋暮らしを地道に続けていた政三の許へ、身に覚えのない借金の取り立てがやってきた。利子を合わせて百と九両、今すぐ耳を揃えて返せと、着流しで目つきの悪い男二人が、政三相手に凄んだ。

覚えていなかったのも道理、もともと政三自身が背負った借金ではなかったのだ。事の起こりは、行きつけの居酒屋だ。たまたまその日は明るい内に店へ寄った政三が、気持ちよく酔い始めた頃、金貸しが気のいい主を訪ねてきた。どうやら取り立てに来たらしい男と居酒屋の主の間で、ほどなく押し問答が始まった。なんとかもう少し用立ててもらえないかと、幾度も頭を下げる主に、金貸しは渋るばかりだ。

いざという時、売れる娘はいない。店も借家だ。返すあてはあるのか。

初めは黙って聞いていた政三だったが、取りつく島もない金貸しに腹が立って来て、つい口を挟んでしまった。

――ここの親爺は借金を踏み倒すような男じゃねぇ。おいらが請け合うから、しみったれたこと言わずに用立ててやれよ。

困ったことに、政三は酒癖があまり良い方ではない。生来が大人しくて真面目な男だから、殴る蹴る、暴れるといった類のものではない。ただ、気が大きくなり、気前が良くなる。少し褒められるだけで気を良くして、なんでもかんでも安請け合いする。

この時の政三も、いつもの調子で証文に自分の名を書いてしまった。万が一の折に肩代わりを引き受ける相手として。

それから三月も経たないうちに、居酒屋の親爺が夜逃げした。

いざ取り立てに来たのは、居酒屋で会った金貸しとは違う連中で、いかにもがらの悪い地廻りのような男たちだった。

夜逃げをするしか、手立ては残っていなかった。

＊

「そんな切羽詰まったお人に、よくうちの料金が工面できやしたね」

呟いた弥生に、お昌が軽く肩を竦めて見せた。

「別れた女房ってのが、建具屋の親方の娘でね。金子の心配はいらないよ」

弥生が心配しているのは、金子ではない。安くはないとんずら料を用意しなければならない人の方だ。そしてこの類のとんずらに、いつも弥生は微かなやりきれなさを感じる。

逃げれば、それで全て片付くのか。

詫びひとつなく他人の借金を背負わされ、諦めがつくのか。腹を括る間もないまま一切合財捨てて逃げ出し、悔いは残らないのか。江戸で摑んだ仕事の評判、少しずつ研いた自分の腕、こつこつと築き上げてきたものに、未練はないのか。残された元女房と娘に、とばっちりがいきはしないか。逃げた先ではどうする。頼るあては。人別帳に名を載せてくれるような伝手は。同じことを繰り返さない覚悟は。

「余計な心配なぞする前に、仕事にしっかり気をお入れ」

厳しい物言いに、弥生は物思いから引き戻された。お昌が続ける。

「今回は何の捻りもない、ただの借金踏み倒しだ。その分、敵さんは夜逃げも勘定に入れてる。お客さんにゃあ、金の工面に走り回る振りをして誤魔化してもらってるが、そいつも持ってあと一日二日だろうね。甲斐性なしの行く末なんぞ気に病んでる暇はないよ」

お昌の策は簡単だ。政三から金貸しへ、もう一息で金の都合が付きそうだと報せを入れさせる。金貸しが気を緩めた隙に、啓治郎と弥吉が操る荷方舟で一気に小田原宿へ出る。そこからは啓治郎と同乗してきた源太の案内で、陸路を行く。箱根は、女の監視が厳しい関だ。万が一にでも疑われては厄介なので、弥生は小田原で待つ。

小さな荷方舟を使うから、小田原に着くまで、政三には樽に入っていて貰う。船旅の間、辛い思いをさせるが、こちらも追手の気配を背負ってのとんずらだ。貰った金子も大したことはないし、致し方なし。お昌はさらりと断じた。

一刻も早く、仕事に掛からなければ。気を引き締めて立ち上がった弥生に、啓治郎も続こうとする。

「啓治、お前とはさっきの続きが残ってる。ちょっと、お座り」

お昌の双眸がきらりと光った。「承知しやした」と座りなおした啓治郎は、至って静かだ。

「女将さん――」

「弥吉はもういいよ、御苦労さん」

口を挟みかけた弥生を、お昌が有無を言わさず遮った。気軽な言葉に籠められた力に、黙るしかなかった。

『松波屋』の客間は、二階にある。吉原目当ての客や、辰巳芸者を始めとした芸妓を呼ぶ客に使って貰う部屋が並んでいて、時折泊まり客を受け入れることもある。長逗留の進右衛門は、勝手知ったる、という様子で気安くあちらこちらに顔を見せるが、夜更けの階下で泊まり客とすれ違うことは、まれだ。

水を飲んでから休もうと、勝手へ向かう途中の広縁で、弥生は進右衛門を認め、足を止めた。

身構えた弥生へ、「吉野屋の若旦那」の身なりの若侍は、寂しそうな笑みを向けた。

「遅くまで、ご苦労だね」

「水を飲んだら、休みやす」

遣(や)り取りを切るように、答える。

――すぐに、この男から離れなさい。

――いや、不用意に背中を向けたら、危ない。

頭の隅で、誰かが囁(ささや)く。

けれど、不思議と心は凪(な)いでいた。

叔母(おば)さんと話して、肝が据わったかしら。

ちらりと笑って、ぼんやりとした常夜灯だけが灯(とも)る闇の中、進右衛門を見た。

「まさか、わざわざここへ戻っておいでとは、思いやせんでした。それほどあっしは、そちらさんにとって、捨てて置けない奴ってことだ」

ふっと、進右衛門が笑った。

「手厳しいね、弥吉は」

それから、すぐに面を改め、弥生を促す。

「少し、話したい」

弥生は迷って、進右衛門の脇をすり抜けた。振り向きざま、低く訊く。

「勝手で、よろしゅうございやすか」

「構わないよ」

進右衛門が、穏やかに答えた。

今、弥生を殺めることは、恐らくしない。

始末するだけなら、今日までいくらでも、その機はあった筈だ。

――我がものにするか、亡きものにするか。

取り込むか消すか、まだ進右衛門の思案が定まっていないなら、付け入る隙は必ずある。それを、どうにか探れないか。

勝手の灯りを灯し、湯を沸かして茶を淹れる間、進右衛門は押し黙ったままだった。

「番茶で、申し訳ございやせん」

言い添えた弥生に少し笑って、進右衛門が湯呑を手に取った。一口呑んでから、ぽつりと呟く。

「今日のうちに追い出されるかと、思ったよ」

「あっしも、正直そう思ってやした」

あいたた、と苦笑交じりにぼやいて、進右衛門が続ける。

「弥吉、いや、弥生ちゃんが『出て行け』と言うなら、そうしよう」

弥生ちゃん。

仙太さんも、そう呼んでくれていたっけ。

出し抜けに浮かんだ、忘れ得ぬ人の面影を、急いで振り払う。

弥生は、緩んだ気持ちを締め直し、進右衛門の瞳を覗きこんだ。

何を考えている。どんな企みを腹の中に隠している。

けれど、進右衛門の瞳はどこまでも凪いでいて、胸に隠している筈の目論見はまるで見えてこない。すぐに諦め、有り体に告げた。

「旦那様と女将さんを差し置いて、そんな真似はできやせん」

「弥生ちゃん自身の命に関わることでも」

「何があっても、お二人を疑うことだけはしない。そう心に決めてやすから」

穏やかな、見守るような眼差しに、胸の奥が鈍く痛んだ。

このひとが味方だったら、どんなに心強いかしれないのに。

都合良すぎる希みを追い払いたくて、矢継ぎ早に言葉を繰り出す。

「『松波屋』の皆は、江戸へ出てきたばかりのあっしを、そりゃあ可愛がってくれやした。生まれてこの方、育った処から出たことがなかったから、右も左も分からねぇ。『お嬢は何にも知らねぇんだなあ』と、笑いながら皆で世話を焼いてくれやした。親元から一人離れて江戸へ出てきた娘を不憫に思ったんでしょう、寄ってたかって甘やかし放題でしてね。女中さんたちは、流行りの色に小袖の柄、人気の役者、町場のあれこれを、こぞって教えてくれやした。娘の頃に使ってたってぇ簪もくれたっけ。『舟を漕いでみたい』って我儘を、兄船頭たちは面白がってあっさり聞いてくれた」

弥生は、考えなしでいられたあの頃を思い出して、視線を宙にさまよわせた。江戸へ出てきてから、一番幸せな時だった。

すぐにあの一件が起きた。一人で隅田川へ出た、風の強い日のことだ。

弥生は、あの時の恐ろしさを思い出すたび震えそうになる自らを罵った。下腹に力を入れて、ひとつひとつ、言葉を紡ぐ。

「あっしが、どんなに近視で生意気な子供だったのか。どんなに皆に守って貰ってたのか。あれで思い知りやした。自分の周りがみんな揃って自分に優しい訳じゃない」

少し間が空いた後、「何が、あったんだい」と進右衛門が訊いた。

*

水の流れや風の向きを読み、舟を操ることは、酷く楽しかった。兄船頭たちが作ってくれた弥生用の小さな櫂では、すぐに物足りなくなった。初めは遊び半分だった船頭たちの眼の色が変わったのも、弥生のやる気を起こさせた。力が弱い分、水に逆らわず、流れの力を使うこつを探した。穏やかな流れの堀なら、一人で猪牙を操れるようになり、兄船頭と共に、隅田川へ出るようになり——。弥生は、得意になっていた。

──もう少しでっかくなってお客さんを乗せられるようになったら、お嬢は『松波屋』の看板船頭だ。

──おお、腕利きの娘船頭だってぇ大評判になるぜ。

兄船頭たちが口々に言ってくれるのが、ただ誇らしかった。だが、年端も行かない娘が甘やかされ、持ち上げられて、いい気になっているのを面白く思わない船頭もいる。あの頃の弥生は、それに気付けなかった。

一人の兄船頭が、意地の悪さを味付けして、弥生の話を『松波屋』の商売敵に漏らした。後から知った話だが、あの折、こんな評判が立っていたらしい。

──『松波屋』が、女に猪牙を漕がせるそうだ。一人が二人になり、三人になり、そのうち吉原の手前で客を横取りしようって魂胆に違いない。一番のお得意さん、吉原の上米（うわまい）を撥（は）ねるなぞ、隅田川沿いの船宿の風上にもおけない。

今のうちに目論見を潰（つぶ）してしまえ。そう考えた商売敵の船頭が、弥生の舟に猪牙をぶつけてきた。弥生は江戸へ出てきてから泳ぎも覚えたが、小袖に半纏（はんてん）を着込んだまま水に放り出され、頭が真っ白になった。水を吸った着物があっという間に重くなる。手足が思うように動かない。上も下も分からない。すぐに息が切れた。目の前が赤く染まり、ゆっくりと黒に変わり始めた時、側に付いていてくれた兄船頭に、引きあげられた。

＊

生々しく蘇った恐ろしさに、足の先から肌が粟立つ。弥生は息を詰めて怖気をやり過ごした。無理やり笑って続ける。

「お陰で、色々身につけることができやした。色々着込んだまま泳ぐこつに、揺れた猪牙の立て直し方、あっしを良く思っていねぇお人を見分ける眼。でもあの時のことで、『松波屋』にゃあ、大きな厄介をかけちまった。商売敵に口を滑らせた兄船頭は、宿を追い出され、江戸から出たってぇ噂です。旦那様と女将さんも、大変だった。『松波屋』は吉原にゃあ睨まれるし、船宿仲間一番の古株からは釘を刺されるし」

界隈の船宿仲間の顔役は、『松波屋』へ足を運んでこう言った。

――松波屋さんが吉原を出しぬいて、妙な商いに手を出そうとしてるなんて、私はこれっぽっちも疑っちゃいないよ。けどねぇ、船宿仲間の皆が皆、私と同じ考えって訳じゃない。もしこれが、お客さんをお乗せしてる時だったら、どうするつもりだったんだい。お前さんたちが了見しない限り、同じことはきっとまた起こるよ。船頭ってのは、気が荒い者も少なくない。一切合財を宿の主が抑えられるはずもない。そうなりゃ、『松波屋』の評判が地に落ちるだけじゃあ、済まないんだよ。

「嫌がらせをした方が勝ったという訳かい。随分と面白い話じゃないか」

面白くなさそうに、進右衛門が言葉を挟んだ。

「それでも、船頭になるのを諦めきれないあっしに、女将さんは笑って言ってくだすった。だったら、男の振りをすればいい」

――お前を捜してる敵さんの眼を誤魔化すにも都合がいいし、その腕を腐らすのは勿体ないよ。こうなりゃあたしも意地だ。どうでも腕利きの船頭に育てて、お前に酷い真似をした奴等の鼻をこっそり明かしてやる。

あの時感じた有難さと頼もしさが、身体の芯に燻る怖れを追い払ってくれた。弥生は、眼に力を込めて進右衛門を見た。

「その女将さんが、若旦那はご贔屓さんだと仰る。あっしが口出しするようなことは、何ひとつごぜぇやせん」

なるほど、そこに話が落ち着く訳だね。ぽつりと呟いてから、進右衛門は笑った。皮肉で冷たい笑みだ。

「身内だからって、そんなにあっさり人を信じるものじゃないよ。本当のところは、噂通り弥生ちゃんで荒稼ぎしようと思ってたのかもしれない。いざ、自分たちに火の粉が降りかかってきたら、あっさり追手に弥生ちゃんを引き渡すことだってあるかもしれない。何しろお昌さんは筋金入りの『船宿の女将』だ」

湧きあがった憤りを、胃の腑の底まで圧し込んだ。

お前たちと一緒にするな。

怒鳴り返したいのを、堪える。進右衛門は、弥生が心を乱すのを待っている。こういう遣り取りでは、頭に血が上った方が負けだ。

ふっと、ひとりでに笑みが浮かんだ。

「同じことが、若旦那にも言えるんじゃごぜぇやせんか。甘い言葉やら簪で釣っておいて、あっしが気を許した処で、ばっさり。それともやっぱり、ご自分に惚れさせて、上手いこと使おうとでも思いなすった。御父上様はどちらでもいいから早くなんとかしろと、仰せなのでごぜぇやしょう」

長く息苦しい間が、空いた。

「違うと答えたとして、信じてはもらえぬのだろうな」

進右衛門の物言いが、武家言葉に改まった。

「何しろ、俺にはあの父の血が流れている。これと心に決めたことを成し遂げる為には手立てを選ばぬ。いざとなれば、自らの主君さえ策の駒として考える。そういう父の血だ」

やっぱり、これが本当のこのひと。

自分で引き出しておいて、なぜ胸が軋むのだろう。

乾いてしまった唇を湿らせ、弥生は言葉を押し出した。

「若様は、私をどうするおつもりでございましょう。御国許へ私のことをお任せにならないのは、御父上様のように、私を駒としてお使いになる為なのでしょうか」

進右衛門の哀しげな笑みに、弥生は戸惑った。

今度は、何の芝居、どんなつもりで騙そうというのか。

「俺に向けられる娘言葉は、いつも冷たいな。少しばかり、つらい」

静かに、進右衛門が立ち上がった。

「私に、お話があったのでは――」

今更、進右衛門を引き止めてどうするつもりなのか。そんな思いが、弥生に語尾を呑みこませた。

「余計こじれそうだからね。止めとくよ」

町人の物言いに戻って告げ、背を向けた進右衛門を、弥生は声もなく見守った。

進右衛門が、進めかけた足を止めた。振り向かずに言い置く。

「貴女様は、我らの主筋に当たる御方。目上に対するようなお言葉は、お使いになりませぬよう」

ふっと振り向き、微かに口許を綻ばせる。

「この恰好でいる折には、若旦那として扱ってくれると、有難いけどね」

弥生の返事を待たず、進右衛門は勝手を後にした。

本当の名前を、訊くのだった。

進右衛門の気配が消えてしばらくしてから、弥生はぼんやりと考えた。

四

「なんだって、こんなことになっちまったんだろう」

弥生と啓治郎の操る荷方舟の上、窮屈な樽(たる)の中で、政三は、繰り返し溜息(ためいき)と共に呟いていた。

万が一にも姿を見咎(みとが)められないよう、弥生たちとんずら屋の顔を知られないよう。お昌は、小田原に着くまで決して政三を樽から出さないようにと、厳しく言いつけた。

──幾日も樽で過ごせって訳じゃなし、小田原までなら死にゃしないよ。中身が心配なら、その分大急ぎでお行き。

そうは言っても、窮屈だろうにと弥生は気にしたが、思ったほど政三は樽の中が苦にならないようだった。むしろ、江戸を逃げ出さなければいけない、哀れな自らの身の上に気がいっているらしい。

「とんずら」の間、大概の客は良く喋(しゃべ)る。これで逃げられる。そんな安堵(あんど)からか。あるいは何もかも放り出して逃げ出すのが後ろめたいのか、苦しい胸の内を誰かに知って欲しいのか、それとも見えない先行きの不安を誤魔化しているのか。

弥生には、どれも覚えがある心情だ。だから、とんずらに障りが出ない限り、いつも喋らせるままにしていた。政三も今までの客と同じで、合の手が入らないのも気にせず、海の波に酔う様子も見せず、ぽつぽつと、語り続けた。

自分は、周りが言うほど酒癖が悪い訳ではない。酒が入ると、少し気が大きくなってしまうだけなのだ。

居酒屋で話が弾んだのが嬉しくて、懐に入ったばかりの金子で大盤振舞いをする。建具を褒められて気を良くし、振舞われた酒の勢いで、無料で他の座敷の建具も新しくしましょうと請け合う。確かにこなした仕事の割に銭の苦労はあったが、女房のおちょうが上手くやりくりをしてくれたおかげで、何とか暮らせていた。

ここまで調子よく語っていた政三の声が、ふと途切れた。物音ひとつしないまま、長い間が空く。船尾の弥生が樽のすぐ側にいる源太と目を見交わした時、とび切り大きな溜息が聞こえてきた。

「あればっかりは、手前ぇに厭気が差すほど拙かった。おちょうが愛想を尽かすのも親方が怒るのも、当たり前ぇだ」

政三は、少し黙っただけですぐに続けた。

「おいらの娘は、おやいって言ってね。赤子の頃からそりゃあ器量よしで、おいらの一番の自慢だった。あの日は、いつも寄る居酒屋で客同士気心が知れてるし、酒もやけに旨かった。だから、つい調子に乗って、ちょいとばかり自慢が過ぎちまったんだ。いや、おいらの所為ってばかりじゃあねぇんだよ」

政三のしつこい娘自慢が、一人の客の癇に障ったらしかった。遊び人風の男で、政三の見知らぬ顔だ。

――子供の頃の器量よしってのは、肝心な年頃になると大したことなくなっちまうもんなんだよなあ。

薄笑い混じり、聞こえよがしの皮肉に、眼が抜け目なく光っている。関わるなと囁く素面の『政三』を、酒で気が大きくなった『政三』が押し退けた。つい、言い返してしまった。

おやいは、そんじょそこらの器量よしとは出来が違う。

男の薄笑いに、物騒な色が混じった。

――どうだかな。今時、両国辺りの矢場の女どもだって、結構な美人揃いだぜ。

――うちのおやいが、矢場の女に引けをとるってのか。

――年頃になったら、試してみるかい。

――おお、上等じゃねぇか。

気が付いたら、まだ幼いおやいを、十三になったらその男が働く矢場で奉公させる約束をしていた。懲りない政三も、前の晩のことを、翌朝素面の頭で思い出して、血の気が引いたのだという。矢場は男たちが集まる遊興場だ。大手を振って遊郭の真似事こそしていないが、客も、働く女たちも、最初からそのつもりでいる。

政三は、おちょうに泣かれ、親方でもある舅に殴られた挙句、三行半を書かされた。あちこち頭を下げて回って、ようやく奉公の約束をなかったことにしてくれたのは親方だ。その上で、今までの不始末を事細かに論われ、今すぐ離縁状を書けと迫られれば、いやだと言い張れるはずもなかった。

零れかけた息を呑みこんだ弥生の代わりに、政三が「はあ」と声に出した。源太はやれやれという顔をしている。啓治郎は振り向かないが、背中がこう告げていた。むしろ、どうしようもない元亭主の為にとんずらの金子を工面したおちょうさんに、頭が下がる。

寂しそうな音で、樽の中の政三が笑った。

「『お前ぇはいつか、また同じことをしでかす。いや、もっと悪ぃことになるかもしれねぇ。そんな男に、大ぇ事なおちょうとおやいを任せちゃおけねぇ』。親方は正しかったって訳だ。もし所帯を持ったまんまだったらと思うと、心底ぞっとする」

殊勝な言い振りの舌の根も乾かないうちに、「一体、何がいけなかったんだろう」と初めに戻る。そんな腹の据わらない政三が、弥生はやけに気になった。

この「とんずら」、すんなり済めばいいけど。

縁起でもないことを考えるもんじゃないと思い直し、手にした櫓の行方に気を向けてみる。それでも、心の隅のざわつきは収まらなかった。

弥生の小さな危惧を余所に、政三の樽を載せた荷方舟は、何事もなく小田原に着いた。そこから先は、前を行く源太の行李に提げた根付を目印に、旅姿を整えた政三が少し離れて付いて行く。その後ろを啓治郎が追う。源太は、時には道を逸れ、様子を見て街道に戻り、を繰り返しながら、安心で早い道筋を選ぶ。啓治郎は追手に気を配りながら、源太へ鳥の鳴き声を模した指笛で、合図を送る。源太が振り返ることはないし、政三が取り決めを破って振り向いても、啓治郎は自分の素性が知れるへまはしない。政三が「とんずら屋」の顔を知ることはない。

追手にさえ気付かれなければ、何も案ずることはない。弥生は、小田原で二人が戻ってくるのを待てばいい。宿に泊まるとなると、男姿のままでは不都合が多いから、漁師たちが使う海辺の小屋を、夜の間だけ勝手に拝借した。冬の気配はまだ遠く、海風が少し肌寒いくらいで、火の気がなくても不自由はしない。

何もかも、手筈どおりだ。

けれど、どういい聞かせても、胸騒ぎは収まらなかった。

ここで気を揉んでも仕方ない。とんずらの首尾への心配と政三の気弱な声を頭から追い出し、外の物音に耳を傾ける。

繰り返し、寄せては引く波の音が、ほんの少し弥生の心を落ち着かせてくれた。

あの時、松岡を出て佃島に泊まった夜も、そうだったな。

見たこともない江戸、会ったこともない叔母の船宿で、自分は上手くやっていけるのだろうか。心細さに寝付けず、波の音を聴きにこっそり浜へ出た。

波の音を聴いているうちに、大丈夫、なんとかなるって気になったっけ。でも、何より励まされたのは――。

——きっとだよ。いつか二人で組んで、『松波屋』の名物船頭になるんだ。

仙太さん。今どこで、どうしてるの。

抱えた膝を、弥生は胸元にぎゅっと引き寄せた。膝頭に頬を乗せると、丸まった分だけ身体が温まる気がする。

仙太の面影は、十四の時のままだ。どんな男の人になっているのだろう。きっとあの時の優しさはそのままで、立派で凜々しくなっている。それに比べて自分は、皆が守ってくれるのに甘えて、未だに逃げ隠れしたままで。紅も簪も差さず、半端な男姿で。

——そんなにしんどいなら、船頭なんざ辞めちまやぁいい。

啓治郎さん。

——縞の黄八丈の小袖が良く映える娘で、髪には、そうだね、ちょっと気が早いけれど楓の細工の平打ちか、珊瑚の玉簪。

若旦那。

芋か朝顔の蔓を辿るように、頭は忘れたい遣り取りにするすると行き着いた。

——若様は、私をどうするおつもりでございましょう。

——貴女様は、我らの主筋に当たる御方。目上に対するようなお言葉は、お使いになりませぬよう。

弥生は、膝頭に額をきつく押し付けた。

仙太さん。私、約束通り、船頭になったのよ。「娘船頭」は無理だったけど、仙太さんが戻ってきたら相方を張れるくらい、腕も研いた。皆もずっと心配してる。意地悪してないで、早く帰ってきて。

弥生は、頭の中で木霊する啓治郎の声にも、進右衛門の言葉にも、そして仙太の消息の、ある恐ろしい考え――本当に、無事でいるのだろうか――にも耳を塞いで、ひたすら十四の仙太の面影に語りかけた。

手筈どおり、啓治郎と源太は無事に戻ってきた。追手の気配もなく、関所で政三が止められることもなく、まるで里帰りか物見遊山の知り合いを見送るような、穏やかな道のりだったそうだ。

むしろ、そのことが帰り途の三人の口を重くした。考えていることは、恐らく同じだ。あっさり運び過ぎる「とんずら」ほど、思わぬ厄介事が潜んでいることが多い。

闇

『松波屋』から仙台堀を挟んで南に、寺の立ち並ぶ一角がある。夜更け、そのうちのひとつの海福寺境内に、大道芸人風の小柄な男が音もなく滑り込んだ。

「おるか」

闇に向けて発した声に応えて、木陰から今一人が姿を現した。こちらは雲水姿の大男だ。

「こちらだ」

油断なく周りの気配を探る様子や物言いは、芸人からも坊主からもかけ離れている。

水の上を滑るような身ごなしで、二人の男は互いに近づいた。

「娘は、戻ったのか」

訊いた小男へ、雲水が小さく頷いた。

「仲間の二人と連れだって、日暮れ前に『松波屋』へ戻ってきた」

「で」

「まず、間違いあるまい。ご家老の末息子殿が潜り込んでいるのだ」

ふむ、と小男が小さく唸った。

「丈之進殿がおらずとも、推して知るべしというところか」

雲水が小首を傾げた。

「そうか、お主は彦四郎様を知らぬのであったな」

小男が思い当たった風に呟いてから、続ける。

「あの娘、彦四郎様に面差しがよく似ておる」

そうか、と応じて、雲水がふっと笑った。

「『あの娘』なぞと、良いのか。妾腹とはいえ、主筋の姫君だぞ」

ふん、と小男が鼻を鳴らした。

「今は男の形をした、ただの町人の娘だ。いずれこちらの手に堕ちた暁には、せいぜい畏まって振舞えばよい」

声には、抑えようのない嘲りと皮肉が滲んでいる。小男は、すぐに面を改めた。

「そちらは、どうだ。ご家老の手の者の動きは」

今度は、小男に雲水が答える。

「動きはない。いや、動けぬと言った方が正しい。丈之進殿が国許よりの使いを遠ざけているようでな」

「仲間割れとは、面白い」

楽しげに呟いた小男を、雲水が嗾けた。

「好機だぞ」

「分かっている」

小男が皺の刻まれた口許を、笑みの形に歪めた。

「あの娘が逃がした男が、使える」

にやりと笑って雲水が応じる。

「なればこそ、一旦は金貸し共に手を引かせたのだからな」

「『松波屋』に、気づかれてはおらぬだろうな。『草』と呼ばれていたか。探索に当たっておる男、侮れぬぞ」

「案ずるな、抜かりはない」

ざ、と風が境内の木々を揺らした。

梢のざわめく音に隠れ、男二人が低い笑いを零した。

裏

夜更け、市兵衛はお昌の帳場に、一人座していた。

部屋の外の微かな気配が、待ちかねた男の来訪を知らせる。

「どうだった」

障子の向こうで、小さな声が答えた。

「へぇ。お嬢さんは、まだ気づいておいでじゃあないようで」

「若様の心、自分の心、どっちだい」

「どっちもでごぜぇやす」

市兵衛は、小さく唸った。

「弥生ときたら。尼寺で育ったのは、十二までだろうに。いつまで晩熟で鈍い娘のままなのやら」

「江戸へ出てきてからも男姿を強いられたんだ、そいつを言ったら、少しばっかり気の毒かと」

笑いの滲む声で、「草」は異を唱えた。

まあ、いい、と市兵衛が呟く。

「あの娘の心には、幼馴染が居座っているしね。未だ、二人とも互いが『気にかかる』ほどの、可愛らしい色気止まりだ。そう心配することもないだろうが、女心と秋の空、ともいうし、若様も案外絆されやすそうだ。おかしな仲にならないよう、気をつけていておくれ」

おや、と「草」が、おどけた声を上げた。

「あっしはてっきり、旦那は、弥生さんと丈之進様をくっつけちまおうってぇ腹なのかと、思っておりやした」

「それじゃあ、いくらなんでも啓治郎が可哀相だ」

「ですが、弥生さんの身を考えりゃあ、そいつが先行き安心なんじゃあごぜぇやせんか」

市兵衛が、目の前の算盤を、一度、二度、と弾いた。何かを勘定している珠の動きではない。

ただ、ぱち、ぱち、と軽い音を響かせている。

「草」も、「元締め」の思案を遮ることはしない。

やがて、うん、と一人頷き、市兵衛はきっぱりと告げた。

「世間知らずの若侍が、色恋に溺れてもろくなことにならない。それにあの城代家老様のご子息だからね。『惚れた娘を手に入れるためなら手段を選ばない』だの、『自分たちの側に引き入れるのが手っ取り早い』だの、妙な腹を括られたら、厄介だ。ここは、付かず離れずの間合いを、巧く保つに限るよ」

「草」の弱り切った声が、市兵衛に応じる。

「あっしは、女房一筋で今日まできたもんで、男と女の手綱を捌けと言われても、ちっとばかり荷が勝ちすぎやす」

やれやれ、と、市兵衛が呆れ混じりの息を吐いた。

「こういう時にこそ、啓治郎を使うんだよ。煽るなり、そそのかすなりして、さ」

障子の向こうで「草」が答えるまで、少し長い間が空いた。

「それこそ、啓治郎さんがお可哀相ですぜ」

剽げた物言いに、ほんの微か、哀しげな色が滲んでいた。

第四話　浅草――出戻

一

進右衛門が、松波屋から姿を消した。

今までも、旅支度もせずにふらりといなくなったきり、幾日も姿を見せないと思ったら、ひょっこり帰ってきて、箱根へ行っていたの、大山参りの真似事をしてきたの、と山ほど土産話を聞かせてくれることがあった。

だから宿の者は進右衛門の留守を「いつものこと」と気にも留めないし、いつ帰ってきてもいいように部屋を整えながら、「今度はどちらへお出かけなのだろう」と、呑気に噂話までしている。

そんな中、弥生だけが落ち着かない思いを抱えていた。

いや、啓治郎の微かに強張った頬や、お昌の厳しい気配を認めるにつけ、進右衛門の素性を僅かなりとも知る身内は、弥生と同じ危惧を抱いていることに気づかされる。

今日だけで幾度になるだろうか、落ち着かない中に微かな寂しさの混じる、訳の分からない思いを乗せた溜息を吐き出したところを、船着き場で行き合った啓治郎に聞き咎められた。

「考えたって、始まらねぇ」

猪牙の舫綱を外しながら、飛び切り無愛想に啓治郎は呟いた。

「分かってる」

弥生も、櫓の具合を確かめながら同じ調子で答える。啓治郎がこちらを見たのが、気配で知れた。

「正体を見やぶられて、逃げ出したのかもしれねぇ。だとしたらいい厄介払いだ、むしろ、すっきりする」

「分かってるって」

発した自分がぎょっとしたほど、声にはあからさまな苛立ちが混じっていた。気まずさを紛らわせるのに、さしてかじかんでもいない指の先に息を掛けて擦ってみる。

何か言いかけた啓治郎が、口を噤んだ。船大工の源太が、転がるようにこちらへ駆けてくる。

「どうした。何かあったのか」

訊いた啓治郎に源太が、がくがくと、幾度も頷き、次いで弥生を目配せで呼んだ。松波屋の船着き場でも、大きな声で話せない、ということだ。

弥生は急いで陸へ上がり、二人の方へ向かった。

「ててて、て、大ぇ変っ、だ」

源太が泣き出しそうな目を二人に振り分けながら、告げる。

「あいつが、舞い戻ってきた」

「あいつって、誰のことだ」

訊き返した啓治郎を、源太はしっと窘めた。周りの気配を念入りに確かめ、上擦った声で囁く。

「こないだの箱根の客だよ。ほら、ちょっと危なっかしい」

今年の秋に箱根関まで逃がした客、建具職人の政三が、すぐに思い浮かんだ。啓治郎の顔が、見る間に険しくなる。

「どこで見掛けた」

「どこもなにも――」

源太は一旦言葉を切ってから、心細げな声で啓治郎に答えた。

「表の客で、来てるんだよぉ」

胃の腑が縮む心地に、弥生は唇を嚙んだ。

「あの時から、虫の知らせはあったんだ」

恐る恐る呟いた源太に、啓治郎も小さく頷く。

「あっさり、運び過ぎたからな」

「一体、なんだってわざわざ戻ってきたんだ。借金の取り立てに見つかったら只じゃ済まないことは百も承知だろうに」

弥生の呟きに、源太が、張り子の牛か猫の玩具よろしく、ふるふると、首を横に振った。

「さっぱり、分からねぇよ。けど、妙に羽振りが良いみたいでさ、屋根船出せだの、芸妓呼べだの、表は今大忙しだ」

啓治郎が、源太の話に被せるようにして、弥生を窘める。

「引っ掛からなきゃならねぇのは、そこじゃねぇぞ、弥吉」

刃の様な気配を纏って、続けた。

「なぜ戻ってきたのか、じゃねぇ。なぜ、松波屋にきたのか、だ」

「分かってるさ」

この短い間に、同じ台詞がもう三度目だ。

自分でうんざりしながら、言い返す。そうだよな、と源太も硬い顔で頷いた。

「それから、女将さんから言伝だよ。間違っても、おいらたちは宿に顔を出すなって」

二

政三が松波屋に姿を見せてから、四日経った。毎日顔を出しては、賑やかな宴席を張っているらしい。

政三と出くわしたり、芸妓の口から噂が入ったりしないようにと、弥生と啓治郎は吉原の送り迎えや江戸見物、猪牙で一人二人の客を乗せて回ってばかりだったので、直に様子は分からない。だが、宿の奉公人や船頭たちの噂話から察するのは容易かった。

——今日もまた来たぜ。

——どっからあんな風に遊ぶ金が湧いて出てくるのやら。

——ちょっと見は、地味な職人さんなんだけどねぇ。

政三の経緯や人となりを知らない連中も、「妙な客だ」と肌で感じているらしい。そわそわとお昌の目を盗んで取り沙汰することしきりだ。

政三は、自ら目立つ真似をして、一体何を考えているのか。

取り立て屋に見つけてくださいと、言っているようなものだ。

別れた亭主に、とんずら料を用立てた女の気持ちを踏みにじってまで、何をばかなことを。

「とんずら屋」に何か思うところがあるなら、さっさと仕掛けるなり、脅すなり、すればいいじゃないか。

弥生を苛立たせているのは、そんな政三を案じる気持ちと憤りの入り混じる、込み入った焦りだけではなかった。

表に顔を出せない。

兄船頭から、どこそこの姐さんが「弥吉と啓治郎の姿が見えない」と寂しがっていると聞かされても、言葉を濁さなければいけない。

そして、消えた進右衛門の目論見は分からないまま。

何もかもが、弥生の息を詰まらせる。

いっそのこと、政三の前にこちらから姿を見せて、出方を探ってみてはどうだろう。

啓治郎に持ちかければ、自分が政三に逢うと言い出すだろうから、お昌にこっそり切り出すのがいいいか。

いや、お昌も首を縦に振るまい。

こういう駆け引きは、先に動いた方が負ける。お昌なら、そう言うはずだ。

だが、狐や狸と睨み合ってる隙に、背中から虎に襲われることも、あるかもしれない。

何より弥生の気持ちが、今を嫌っていた。

何かある度に、息を潜め、目に付かないように隠れる。

これじゃあ、松岡にいた頃と何も変わらない。

一方で、自分の好き嫌いで、万が一にも松波屋を窮地に追い込むことがあってはならない。そう強く考えてもいる。

つまり、どうしていいか分からないのだ。

居ても立ってもいられなくて、勝手の女中から鍋磨きを引き受けた。鍋をすっかり磨き終わっても、気持ちのざわつきと息苦しさは、治まらない。しかたなく、客用の器を片端から引っ張り出して、ひとつひとつ丁寧に乾いた布で拭き始めた。

女中たちは、また始まったと、苦笑いと共に眺めるきりで、勝手の隅に座りこんだ弥生を放っておいてくれる。

むかむかむずむず、なんだか落ち着かない。迷ってばかりでどうしても先に進めない。そんな折には、弥生は必ず勝手で鍋磨きや器拭きを始めると、みな心得ているのだ。

正月に使う漆の盃に手を伸ばしかけ、弥生はふっと考えた。

若旦那なら、どうするのだろう。

相手が痺れを切らせるのを、のんびり待つのか、それとも、さっさと自分から動いてみるのか。

いなくなる前に口を利いたのは、あの勝手での遣り取りが一番仕舞いだったっけ。

ふいに、茶化した笑みに瞳だけが真摯な、進右衛門の穏やかな面影が浮かび、弥生は軽く首を振って払い除けた。

「やっぱり、ここだったか」

耳に馴染んだ呆れ交じりの呟きに、弥生は振り返った。

「何の用だい、啓治」

なんだかばつが悪くて、飛び切り無愛想に訊く。このところ、啓治郎に当たってばかりだと思い当たって、一層心が重くなった。当の啓治郎は、弥生の半端な八つ当たりなぞ気にもならないらしく、淡々と告げた。

「女将さんが、お呼びだぜ」

大きく、心の臓が跳ねた。

進右衛門の消息が知れたのか。

政三が、何かしでかしたのか。

それともとうとう、取り立て屋に見つかったか。

あれこれ、一時に浮かんだ「もしや」に、弥生は顔を顰めた。

勝手に考えても埒が明かないことだと分かっているのに、一体何を浮足立っているのか。

腹の据わらない自分に対する苛立ちを、弥生は呑み込んだ。

ここでまた啓治郎に当たったら、それこそ臍を曲げた童だ。

視線をゆっくりと盃に落とし、伝える。

「先ぃ、行っててくれ。ここ片付けたらすぐに追っかける」

相方の立ち去る気配は、ない。弥生が癇癪玉を破裂させる前に、女中たちが笑い混じりで割って入った。

「片付けなんかいいから、さっさとお行き」

「女将さんを待たせちゃ、あたしたちが叱られちまう」

「啓治さんだって、困ってるじゃないか」

「色男の困り顔ってのも、悪かないけどね」

言い合ってはきゃらきゃら、華やかに笑い合う。

いつにも増して明るい女中たちは、きっと、弥生のささくれ立った内心を承知で、少しでも気持ちを和らげようとしてくれているのだ。

勢いよく息を吸って、嫌な気分を一気に吐き出す。

できるだけ明るい面を作って、女中たちに笑いかけた。

「じゃあ、頼もうかな」

「はいよ」

「かえって手間を増やしちまって、面目ねぇ」

詫びると、また女中たちはころころと笑った。

「何お言いだい。こっちこそ、普段、そんなとこまで手が回らないからね。大助かりさ」

「さあ、急いだ、急いだ」

「女将さんの煙草が増えちまうよ」

追い立てられるように立ち上がり、弥生はほんのりと口許を緩ませている啓治郎に続いた。

女中の心配とは裏腹に、お昌の帳場には僅かな煙も漂っていなかった。染みついてしまった、名残の匂いがするのみだ。

普段、女将の機嫌の悪さは帳場に立ちこめる煙の濃さで測ることが出来るのだが、今日はその手は使えないらしい。

お昌は心裡の見えない顔つきをしているが、厳しい気配が、煙の代わりに靄のように漂っている。

弥生が長火鉢を挟んだ向かいへ、啓治郎と並んで腰を下ろすのを待ちかねたように、お昌が口を開いた。

「『草』が、黒幕をつきとめてきたよ」

きゅっと、胃の腑の入口が縮まった。

「草」――その正体を知る者は、松波屋主で「元締め」の市兵衛一人のみ。お昌でさえ、名も、男か女かも、何人いるのかも、知らされていない。

その「草」が今動く話と言ったら、ひとつ。

出戻りの政三のことだ。

だがそれなら、なぜ、政三のとんずらに関わった源太の顔が見えないのだろう。

「差し金の元を握ってやがるのは、どこのどいつで」

啓治郎が、真っ直ぐに確かめた。帳場は、敢えてそう仕向けでもしない限り、余計な者が近づく心配はいらない。

ふ、とお昌が静かに息を吐いた。

同じほどの穏やかさで、呟く。

「お前たちに、詫びなきゃならない」

「女将さん」

何の話です、と訊こうとした弥生を遮って、お昌ははっきりと告げた。

「こいつは、表裏を仕切ってる、あたしとうちの人のしくじりだ。この店の内でなら、鼠の一匹泳がすくらい訳もないって、驕りがあったんだろうね。泳がせて、敵の腹積もりを探るはずが、先にこっちの痛い処を摑まれてたって訳だ」

隣に座る啓治郎の気配が、尖ったのが分かった。

その先を、聞くんじゃない。

頭の裡で、しきりに誰かが騒いでいる。

なのに、弥生は逃げ出すことも耳を塞ぐこともできず、お昌が弥生の心中を察してくれることもなかった。

ぽんと、放るように、お昌は告げた。

「政三を江戸に呼び戻して、金子を渡し、松波屋へ来させてるのは、進右衛門の奴だったのさ」

進右衛門の仕業だと聞いて、自分は怒りや憤りを感じる筈だった。

けれど胸に広がったのは、薄らとした寂しさだ。

思い出すのは、弥生に簪を差し出した時の微かに照れの滲む顔。自分に向けられる弥生の娘言葉はいつも冷たいと呟いた時の、哀し気な笑み。

自分はこんなにも、あの男を信じたかったのか。

――外は、優しい人ばっかじゃ、ないんだよ。

ぞっとするような生々しさで、駆け込み女の呟きが耳の奥に蘇る。

誰よりも、あたしがそのことを、胸に刻んでおかなければいけなかったのに。

弥生は、往生際の悪い自分を、大きく首を横へ振って追い払った。

「詳しく聞かせてくだせぇ」

お昌は、確かめるように弥生の瞳を覗きこんでから、小さく息を吐き、告げた。

「京の呉服問屋『吉野屋』の若旦那、進右衛門の正体はね、近江の国は来栖家重臣のご次男。各務丈之進ってぇ若様だ。弥生、お前のご家来のご子息ってことだよ。どうせなら、顎で使ってやりゃよかったかもしれない」

面白くもなさそうに軽口を挟んでから、お昌が思い出したように呟く。

「お前は、姉さんからはっきりした経緯を聞かせて貰ってなかったんだよね」

弥生は小さく頷いた。

自分の父は近江のお殿様の次男で、御家騒動に巻き込まれて亡くなった。御家騒動は未だ燻ったままで、父の父、つまりお殿様は次男の忘れ形見――弥生のことだ――がいることを知らない。ならば今のうちに、その娘を使って争いを有利に進めようと、御家中がお殿様の知らないところで、動き始めている。

弥生が母から聞かされているのは、それくらいだ。

「よし、じゃあ、そっからだ。啓治にも話していいかい」

啓治郎は、弥生を今日まで護り、助けてくれた。お昌や市兵衛と同じくらい信じられる身内だ。

もう一度、弥生の首が縦に動くのを確かめ、お昌は語った。

＊

弥生の父は来栖彦四郎、来栖家当主の次男だった。母の身分低く、また北の方が酷い悋気持ちで情が強いのもあって、当主の信頼篤い用人の子息として育てられた。

彦四郎は長じて、養父自慢の聡明な若侍になった。このまま何も知らせず、ゆくゆくは養父の跡を継ぎ、来栖家の重臣として過ごすのが彦四郎の為だ。実父と養父、彦四郎の父二人は、揃ってそう考えていた。日に日に頼もしい侍になっていく彦四郎を、当主は陰に日向に目を掛け、手厚く遇しながら、目を細めて見守っていた。

そんな折、彦四郎は弥生の母、八重と出会った。

当主が参勤交代で江戸から国許へ戻る旅の手筈を整える役を命じられ、彦四郎が奔走していた時のことだ。国から数えて一つ目の宿の本陣の娘だった八重が、お国入りの仕度で宿を訪ねる彦四郎の世話をした。

穏やかな彦四郎と、優しく大人しい八重が恋に落ちるのに、さして時は掛からなかっいに来た。お国入りが滞りなく済んでからも、彦四郎は馬を飛ばして半日の宿まで、八重に逢いに来た。

二人は人知れず互いの想いを育み続け、やがて八重は身籠った。

そのことを聞かされた彦四郎は迷わなかった。

八重を手元に置く。まずは、父と目を掛けてくれる当主の許しを得る。八重を武家の養女とした後、妻として娶る。

彦四郎は、八重と八重の二親にそう告げた。

だが丁度同じ日、当主の嫡男、彦四郎の血を分けた兄が死に、初めて自分の出自を、聞かされた。

来栖家を支える重臣として、愛しい妻子と共に穏やかに齢を重ねる。そんな幸せを描いていた彦四郎の先行きは、一変した。

厳しくも温かく導いてくれた父、ひたすら優しかった母は、自分に額ずき「貴方様」「若君」と息子を呼ぶ。

訳も分からぬまま慌ただしく城入りし、彦四郎は思い知った。

実父と養父の労わるような眼差しを断ち切り、吹き飛ばすほどの、鋭い目、目、目。嘲り、阿り、怒り、値踏み、ろくな色を纏わない厭な視線。

そして、その間を縫うように飛んできては肌に刺さる、明らかな敵意、殺気。

城は、敵の矢面に立っているのも同じだ。

「どうか今まで通りに」といくら請うても「主筋に対する接し方」を崩さない養父へ、彦四郎は諦めと共に八重のことを告げ、命じた。

――八重とややは、来栖の家とは関わりなく暮らさせよ。鬼の棲家には何があっても近づかせてはならぬ。

*

お昌が、悲しい眼で遠くを見た。

「今でも、はっきり覚えてる。彦四郎様が『必ず妻として迎える』と言った時の、姉さんの嬉しそうな顔。彦四郎様が亡くなったことを聞かされた時の、悲しみよう」

どうして、父は亡くなったのか。

弥生が問う前に、お昌がきゅっと顎を引いた。

「彦四郎様の心配は、そっくり正しかったって訳さ」

来栖家に入ってから半年足らず、兄の後を追うようにして、彦四郎もこの世を去った。

二人の世嗣は、恐らく同じ人物に命を奪われた。

「そのお人ってのは」

啓治郎がお昌に訊いた。

「お殿様の弟君、分家筋の御家へ養子に入られていた御方だ。お二人の実の叔父君ってぇ訳だよ」

自分より劣る——と考えていた兄が主家を継ぎ、自分が分家筋へ養子に出されたことを、弟は恨んでいた。

凡庸だった兄、だがその嫡子は、親に似ず優れた若者になった。用人の跡取り息子——彦四郎のことだ——も聡明な男で、嫡子のよき片腕になるだろうと家中では目されている。

このままでは兄の血筋で来栖家は盤石になってしまうと危ぶんだ弟は、力に訴えたという訳だ。

甥(おい)だろうが、本家筋の跡継ぎだろうが、一人手に掛けてしまえば、次の垣根は低くなる。すべては、我が息子を本家に戻し、来栖家を我がものにするため。

新たな世継ぎが現れればその男も、その者の子を孕(はら)んだ女子(おなご)がいると知れば、腹の子ごと。一歩一歩、修羅の道をゆく歩みは大きく、躊躇(ためら)いなくなっていく。

「勿論(もちろん)、確かな証(あかし)はないよ。あったら今頃は、姉さんも弥生も、こんな窮屈な思いはしてない」

命を狙われた八重を助け、遥(はる)か遠い松岡東慶寺へ密(ひそ)かに逃がしてくれたのは、彦四郎の養父だった用人と、城代家老だったのだという。

言葉を切ったお昌に、また啓治郎が訊(たず)ねる。

「その、御用人様なり城代家老様なりに、助けをお頼みする訳には、いかねぇんで」

お昌が、飛び切り苦い溜息を吐いた。

「御用人様は、信のおけるお人なんだけどね、彦四郎様が亡くなってすぐに政から引かれて、今はご隠居の身さ。城代家老様の方は、未だにお国許じゃあ権勢を振るわれてるようだけど、こいつが曲者だ。姉さんを助けてくれたのは、姉さんや、彦四郎様の忘れ形見、弥生を護る為じゃない。主家のお血筋を謀反人の弟側に渡さない為だ。いざとなったら姉さんだって弥生だって、将棋の駒を動かすみたいに、平気の平左で使おうとするような奴だよ」

抑えた物言いの中に、お昌の憤りが滲んでいる。お昌は、用人や城代家老の何かを知っているらしい。

だが、弥生にはもっと気になることがあった。

他人のことを語るようだった進右衛門の呟きが、蘇る。

――何しろ、俺にはあの父の血が流れている。これと心に決めたことを成し遂げる為には手立てを選ばぬ。いざとなれば、自らの主君さえ策の駒として考える。そういう父の血だ。

「叔母さん、城代家老様って、ひょっとして若旦那、いえ、丈之進様の」

お昌が、片方の眦を軽く持ち上げた。

「おや、妙に察しがいいじゃないか。その通りだよ」

心の底の辺りが冷えた気がして、弥生は息を詰めた。

啓治郎が、遠慮のない舌打ちをする。

「なるほど。それで、『我がものにするなり、亡きものにするなり、さっさとどうにかせよ』と、なった訳ですかい」

「『鳶が鷹』で、もうちょっと、義理も人情も持ち合わせてる男かと踏んでたんだけどね。命からがら、江戸から逃げ出した男を使って、こちとらをはめようってんだ、『蛙の子は蛙』ってことだったんだろうさ」

「政三さんを使って、若旦那は一体ぇ何を目論んでなさる、と」

「さあ、ね」

冷ややかに応えてから、お昌はひんやりと断じた。

「まずは弥生をひとりにしようって魂胆なのは、確かだ」

「それは、どういう――」

訊いた弥生を気遣うように見遣り、静かに続ける。

「お前を匿い、助ける邪魔者を先に片付ける。ひとりぼっちになりゃ、いくらおてんばでも十八の娘だ、大人しく言いなりになるだろう。そういうことだよ」

頭の後ろを殴られた心地だった。

丈之進――城代家老方は、まず松波屋を潰そうというのだ。

とんずらさせた客が江戸へ舞い戻り、松波屋をうろつく。「とんずら屋」の正体に気づいたのではないかと焦らせ、こちらに政三を始末させるよう仕向ける。うっかり手を出そうとしたところを、待ちかまえていた町方が押さえる。

あるいは、と啓治郎が言い添えた。

『松波屋を巻き込む訳にはいかない』。こいつにそう思わせ、手前ぇからひとりになるのを狙ってるのかも」

「どっちに転んでも、欲しいものは手に入るってことかい。いけすかないけど、巧い策だよ。うちの表と裏、この娘の性分、すっかり承知のつもりになってる奴が考えそうな話だ」

さらりと評したお昌の目が、出し抜けに燃えた。

「ともかく、お前たちは暫く大人しくしといとくれ。もう少し、調べさせてみるから。くれぐれも、政三の馬鹿に面を見せるんじゃないよ。源太にもその辺りは言い含めておくから。まかり間違って戻ってきた『吉野屋の若旦那』を見かけても、今まで通り、知らんふりをしておいで。何か妙な動きがあったら、すぐに知らせること。いいね」

返事をする間も与えず、あれこれと念を押してから、宙を睨んでうっすらと笑う。

「こっちがやられてばっかりでいると思ったら大間違いだってことを、見せてやろうじゃないか。一気にかたつけて、弥生も姉さんもすっきりする絶好の機会って考えりゃ、悪くない」

「でも、叔母さん」

姪の物言いで口を出した弥生を、「お黙り」と、お昌は遮った。

「こいつは、松波屋が売られた喧嘩だ。あたしとうちの人が買わなきゃ、筋が通らない」

「それじゃ皆に、また厄介をかけてしまう」

「そう思うんなら、大人しくしといで」

「そりゃ、もちろん分かってます。でも」

迷いなく答えたつもりだった弥生の顔を、お昌は疑わしそうに眺めた。

「どうだかね。政三のことが心配だ。別れた女房子供も案じられる。お人よしの顔に、そう書いてあるよ」

痛いところを突かれたが、弥生にとっては好都合だった。勢い込んで、切り出す。

「そこなんです。どうにも、妙だとは思いませんか。もし、政三さんが――」

「お黙りって言っただろう」

ぴしゃりと叱られ、弥生はしぶしぶ口を噤んだ。お昌は冷ややかに言い切る。

「政三にどんな腹積もりがあろうと、抜き差しならないことになってようと、よしんば、無理やり駕籠にでも押し込められて、江戸へ連れ戻されたにせよ、だ。少なくとも手前ぇの足使って、これ見よがしに松波屋へ通ってることだけは、間違いない。そうだろ、弥吉」

とんずら屋の一味として返事をしろ。お昌はそう言っていた。

「へぇ」

押し出すように、ようやくそれだけ返す。

「だったら、そりゃあ政三の勝手だ。万が一、『とんずら屋』の正体承知でここへ来てるんなら、とんずらを引き受けた時の取り決めを、政三が破ったことになる。違うかい」

違いやせん、としか答えようがなかった。

「だったら、お前やあたしたちが気を揉む筋の話じゃないよ」

ひとつひとつ、噛んで含めるように『とんずら屋』のいろは」を確かめられたら、ぐうの音さえ、出るものでもない。

お昌に、話は終わったよ、と手を振られ、さっくりと頭を下げた啓治郎に立ち上がられ、弥生は仕方なく帳場を後にした。

「おかしなこと、考えるなよ」

部屋へ戻る途中、啓治郎が弥生に低く釘を刺してきた。

ここ数日で、啓治郎に幾度「分かってる」と、言い返しただろう。だが、こればかりは、たとえ誤魔化しでもそう告げることは出来なかった。

「けど、啓治。こいつはおいらのせいだ」

ふいに、政三への申し訳なさが弥生の胸に湧き上がった。

今まで、散々苛立ったり、憤ったりしてきた分、その気持ちは一気に膨れ上がった。

全ては、自分ゆえなのだ。

自分が「とんずら屋」でなければ、政三が丈之進に目を付けられることはなかった。

とんずら料を工面したおちょうの心遣いを台無しにしてしまったのは、政三ではない。

自分だ。

いや、台無しになったのが心遣いだけならば、まだいい。

政三は、分かっているのだろうか。自分が袋小路に入り込んでいることを。

もう、江戸から逃げ出すだけでは、恐らく事は済まない。

どう転んでも、「とんずら屋」からは睨まれたままだ。城代家老方からも、事の成否を問わず、邪魔者として扱われる。

そう考えた刹那（せつな）、収まりの悪さが弥生を襲った。

こんな雑な仕上げの策を、あの進右衛門が立てるだろうか。

「何を、考えてる」

咄嗟（とっさ）に、頭の中で「進右衛門」と「政三」を掏（す）り替える。

「政三さんが、こんな腹黒い策に乗ると思うか」

訊いた途端、啓治郎の足が止まった。

細い吐息に、呆（あき）れの色が混じっている。弥生は、躍起になって言葉を重ねた。

「啓治だって、舟の上であの人の話を聞いてただろう」

「ああ、聞いてたとも。手前ぇが始末の悪（わり）ぃ酒癖抱えてるのを承知で、あちこちで呑（の）み歩いちゃ厄介事を背負いこむ亭主、酒が入ってたとはいえ、売り言葉に買い言葉で、娘を矢場へ売り渡そうとする父親だ」

身も蓋もない言い振りに、啓治郎の政三に対する憤りがよく表れている。

根は、悪い人じゃないんだ。

もそもそと返した弥生の言葉を、啓治郎は切り捨てる。

「悪気がなきゃ、いいってもんじゃねぇ」

「そりゃ、そうだけど」

啓治郎が、また苦い溜息を零し、「いいか」と言葉に力を込めた。

「確かに、あの男はお前ぇが言うように、根っからの性悪ってぇ訳じゃねぇだろうさ。だからこそ、あいつの口車に、いいように乗せられてるってことも、あるんじゃねぇか」

見るからに考えなしの性分だ、また親子三人で暮らせるようにしてやるとでも言われ、あっさり一仕事を引き受けた。その一仕事が、誰かを抜き差しならないところまで追い詰めるかもしれない、なぞとは考えもせず。

弥生は、小さな間を置いて呟いた。

「だったら、なおさら放っとけない」

「おい」

「それなら、おいらの方こそ、何のかかわりもない政三さんを、抜き差しならないところへ追い詰めちまった、張本人だ」

三度目の啓治郎の吐息は、飛び切り嫌味で、微かな寂しさを纏っていた。

「そう言うと思ったぜ」

それから、静かな声で「知ってるか」と、切り出す。

「何を」

「そうやって、何でもかんでも手前ぇの所為だって抱え込みゃあ、お前ぇの気は済むかもしれねぇ。けどな、周りはその分余計な気を揉む羽目になるんだぜ」

厳しい言葉だ。けれど、弥生の胸は火が灯ったように温かくなった。

心の底から案じてくれる人がいる。厳しい言葉を使っても——それが愉快なはずがない——危ない真似を止めようとしてくれる人がいる。

それだけで、こんなにも嬉しい。自分はここにいていいのだと、息を吐くことができる。そう考えると、人が幸せになるのに本当に入用なものは、大して多くないのかもしれない。

「済まねぇ」

ぽつりと詫びると、今まで「どう言い返されても、聞くものか」とばかりに、どっしり構えていた啓治郎が、俄かにうろたえた。

「分かったんなら、いい」

ことさらぶっきらぼうに言い捨て、大股で歩き出す。

照れた背中に、弥生はもう一度、「済まねぇ」と詫びた。

厭な役を買って出てまで諭してくれたのに、言うことを聞かなくて済まない、と。

三

政三の別れた女房、おちょうは、神田は和泉橋の南西、平永町の実家に、娘のおやいと身を寄せているそうだ。

まずは、樽の中のぼやきから察しただけでなく、政三の本当の人となりを聞いてみたい。

おちょう母子は、政三が江戸へ戻ってきているのを、知っているのだろうか。

二つの気懸りを一度に晴らす策は、おちょうに当たるのが、手っ取り早い。

猪牙を適当に流す振りで、午前に松波屋から神田へ向けて舟を出したものの、そこから先の巧い手が思いつかない。まさか、『松波屋』の船頭が、見ず知らずの女を訪ねて「別れた亭主」のことを訊く訳にもいかない。

ともかく、母子の暮らしぶりを確かめてみて、それから思案しよう。

半ば行き当たりばったりの考えで、隅田川を遡って両国橋を潜り、神田川へ入ったところで、「その猪牙は空いてるかい」と、陸から声が掛かった。

顔を向けると、見知った男が手招きしている。

背は高くもなく、低くもない。太ってもいず痩せてもいない。男前でもぶ男でもなく、垂れた目元の左の黒子を除いては、これといって目立つところのない、ひたすら地味な見てくれをしている。市兵衛の数いる囲碁仲間の一人、横網町の目明しの伝助だ。

舌打ちしたいのを堪え、弥生は「へぇ、只今」と応じ、猪牙の舳先を陸へ向けた。

「どちらまで、やりやしょう」

伝助は、穏やかな笑み、柔らかな声で、弥生に告げた。

「和泉橋の辺りまで、頼む」

内心の驚きを仕舞いこむのに、ほんの少し苦労が要った。

「承知いたしやした」と受け、身軽に乗り込んだ伝助に、『松波屋』の紋を染め抜いた毛氈——寒さ凌ぎの膝掛け布を渡す。

「今年の冬は、やけに暖ったけぇって思ってたが、ここんとこ、急に冷えてきやがったな」

「そうでごぜぇやすね」

答えながら、陸の土を竿で押す。舟を岸から離し、すぐに櫓に持ち替え、弥生は神田川を遡った。

ざわざわと、川面を細かく波立たせる風が、昼日中でも切るような冷たさを孕んでいる。

「こういう商売は、冬場は辛ぇなあ」

しみじみと、伝助が呟いた。両の手をしっかり懐に仕舞いこんでいる。

「慣れておりやすから。ってのは、表向き、やっぱり冬場の猪牙は、正直少しばっかり気が重うごぜぇやす」

はっは、と、楽しげに笑って、伝助は一度黙った。

ぎ、ぎ、と櫓が小さく軋る。

「松波屋の船頭は腕利き揃いだが、お前ぇと啓治は飛びきりだな。櫓の音が違うぜ」

「恐れ入りやす」

「女将も頼もしい。市兵衛の旦那は、心置きなく風呂屋に入り浸れるってぇ訳だ」

それにしちゃ、囲碁はちっとも巧くならねぇけどよ。

いたずらに囁いた伝助に笑い返しながら、他愛ない遣り取りを続けているうちに、そろそろ和泉橋も近くなってきた。

「旦那、和泉橋でよろしゅうごぜぇやすか。どちらまで、おいでで」

何の気なしに訊いた弥生に、伝助は思い出したように答えた。

「平永町の義市ってぇ建具職人に、ちょいと訊きてぇことがあってな」

櫓の調子が乱れたのが、伝助に知れてしまったろうか。

「そうでごぜぇやしたか」

するりと受け流した弥生に、伝助が告げた。

「そうだ、弥吉も付き合っちゃあもらえねぇか」

「あっしが、でごぜぇやすか」

「おお。この後、松波屋の旦那の碁の相手をすることになっててな。『浜乃湯』まで頼みてぇんだ」

「でしたら、陸に着けた辺りでお待ちしておりやすよ」

「冬場の猪牙が苦手だって聞いた側から、吹きっ晒しで待たせる訳にゃあいかねぇじゃねぇか」

笑って言った伝助に、弥生はぎこちなく笑い返しながら思案した。

弥生にとっては、渡りに船、好都合な話だ。

だが、あまりにも都合が良すぎはしないか。

市兵衛の顔見知りの伝助が、政三の一件に一枚嚙んでいるとは思えないが、折も折だ、怪しむなというのが無理な話だ。

「ありゃ、ほんの戯言で。川っ風を嫌ってちゃ、船頭は務まりやせんぜ、旦那」

「義市は顔の広い男だからな、繋ぎを付けといて、商いに損はねぇよ。まあ、いいから付き合えや」

市兵衛と懇意の目明しに、そう締めくくられては、松波屋の船頭として「へぇ」と返すしかなかった。

伝助の動き、言葉、どんな些細なことも心に留めればいい。弥生は腹を括って和泉橋へ向かった。

伝助が義市と話をする間、小さな庭の広縁で待つ弥生の相手を、おちょうとおやい母娘がしてくれた。

母のおちょうは、どこにでもいるような女だ。おやいは、少し引っ込み思案。けれど「弥吉」のことは気になるらしい。母の傍らにちょこんと腰を降ろし、瞳を輝かせて、こちらを窺っている。

「嬢ちゃん、歳はいくつだい」

笑いかけながら、男の物言いのままなるだけ声音を柔らかくして聞くと、「七つ、です」と、おずおず答えた。

七つか。

自分もこの年の頃には、東慶寺で母と共に暮らしていた。弥生は、遥か昔のことのように、思い返した。

いつ、自分の出自を聞かされたのか、よく覚えていない。恐らく母は、それほど幼い時分から我が娘に語って聞かせてくれていたのだ。どれほど、父が誠と慈しみを持っていたかを。

――辛い時、先行きが闇に阻まれ見えない時には、必ず思い出しなさい。お前の父上様は、お血筋もお心映えも、それは素晴らしい御方だったのですよ。お前は、その御方の娘なのだと。

正直、顔も声も知らない、抱き上げて貰(もら)ったこともない父を縁(よすが)にしろと言われても、幼い弥生にはぴんとこなかった。

ただ、父の話をする時の母の声が、弥生はとても好きだった。

穏やかだけれど、少し遠くにいるような、尼としての日頃の物言いが、その時だけは明るく弾むのだ。

なのに、目はとても悲しそうで。

だから弥生は、いつも「はい、母様」と返事をしていた。

見たこともない父を思い描くのは、とても難しい。そんな戸惑いを押し殺して。

「お兄ちゃん」

どうしたの、と問われ、弥生は温かで少しだけ寂しい思い出から自分を引き戻した。

「なんでもない」

笑って答え、帯に挟んでいる根付の束からひとつ取り上げる。短い組紐(くみひも)を結んだだけの小さなものだが、猪牙に乗る小さな子にやると、大層喜ばれる。

はい、と差し出すと、おやいは嬉(うれ)しそうに赤い根付と弥生、それから母のおちょうの顔を見比べた。

「嬢ちゃんに、やるよ」

母親が笑顔で頷(うなず)いたのを見て、小さな手がおずおずと根付に伸びる。掌(てのひら)にぽんと落としてやると、「ありがとう」と弾む声でおやいは言った。母に「ほら」と、揺らして見せる。

「よかったね」

「うん」

ぱっと、可愛らしい笑みが顔中に広がった。

「おっかさん、好きかい」

気が付くと弥生は、おやいに訊いていた。

「はい」

無邪気な返事に、口許が綻ぶ。弥生の笑みをどうとったか、懸命におやいは言い募った。

「本当よ。あたし、おとっつぁんがいなくたって、平気なんだから。おっかさんがいて、おじいちゃん、おばあちゃん、それにお弟子の兄ちゃんたちがいれば、ちっともさびしくないんだから」

まだ何か言いたげな娘を、おちょうが優しく「おやい」と止めた。

「おばあちゃんに、戴いた根付を見せておいで」

少し戸惑った後、おやいの首がこくりと動いた。弥生に頭を下げ、家の中へ戻っていく。歳の頃よりほんの少し大人びて見える後ろ姿を見送る母の目が悲しげで、弥生の胸は痛んだ。

「大した器量よしだ。先行きが楽しみでごぜぇやすね」

弥生はことさら声を明るくして、おちょうに話しかけた。

おやいの、幼いなりに整った目鼻立ち、愛嬌の溢れる仕草、物言い。離縁の切っ掛けになったという政三の自慢話も、まんざら「親の贔屓目」ではなさそうだ。

「それが、あの娘の為によかったのか、悪かったのか」

ぽつりと零れたおちょうの呟きに、はっとした。

すぐに顔つきを明るくして、おちょうが取り繕う。

「いえね、あんまりあたしの父母が猫っ可愛がりするもんですから、ときどき心配になっちまって」

そうですかい、と弥生も笑い返した。ふっと、またおちょうの面に翳が差す。

「別れた亭主は、ぼうふらみたいな男でね」

弥生は、へえ、と静かに相槌を打った。松岡へ駆け込んだ女たちの面影が、おちょうと重なって見えたのだ。駆け込み女たちは、ああでもない、こうでもないと、説教や慰めをくれる者ではなく、ただ、ふんふんと、話を聞いてくれる相手を欲しがった。弥生は幼い頃から、それを肌で感じ知っていた。今のおちょうも、そういう心持ちなのだろう。

少し間を置いて、おちょうが遠くを見ながら続けた。

「働かないでふらふらしてるって、訳じゃないんですよ。そこそこの腕も持ってる職人でしたし、根は悪い人じゃない」

けどね、と、溜息と共に押し出す。

「善人だったら何をやってもいいってもんでもない。極悪人だろうが仏様だろうが、娘の行く末が同じなら、同じなんですよ。酒さえ飲まなきゃしくじらない。そう自分で分かってるんなら、酒を止めりゃそれで済むんです。なのに、気分が良いから、ちょっとだけだから。言い訳しちゃ、案の定しくじる。しくじった後も、なんとかなる、どうにかなるって。『なんとかする』でも『どうにかする』でもない。ふらふら、ふわふわ、浮っついているうちに、誰かが助けてくれるのを待ってるだけ。待ってるだけで自分はちっとも苦労してないから、また同じことの繰り返しです。『喉元過ぎれば』どころの話じゃない。喉を通るものが、もう大して熱かないんですから、当たり前っちゃ当たり前ですよね」

ああ、と弥生はそっと息を吐いた。

同じだ。

幼い弥生相手に、亭主の文句を重ねていたあの女たち。

辛辣な台詞の裏に、淡々とした面の陰に、諦めきれない思いや、捨てきれない恋しさを確かに抱えていた。

無論、そんな女ばかりではない。心底、別れられてせいせいしたと、嬉しそうにしていた女も大勢いる。おちょうと「同じだ」と感じたのは、離縁を思い留まって亭主と共に帰っていった女たちだ。そして、猪牙の上でつれない想い人の憎まれ口を叩く寂しげな芸妓とも、どこか重なる。

幼い頃は、辻褄の合わない裏表に首を傾げるばかりだったが、今ならなんとなく、その心の揺れが分かるような気がする。

いけないと、心に決める。

政三がどんな男なのかは、見当がついた。東慶寺から亭主と帰っていった女たちがどうなったのか、弥生は知らない。幾度も駆けこんでは同じことを繰り返している者もいた。

だからといって、この母娘から、亭主、父親を奪ってはいけない。

弥生のいざこざに、政三を巻き込んではいけないのだ。

「あら、いやだ。あたしったら、お若い船頭さんに何話してるんでしょうね。堪忍、堪忍」

「とんでもねぇ」

弥生が笑った時、奥から伝助と、小柄で頑固そうな男がやってきた。多分これが、義市だ。

「待たせたな、話は済んだぜ」

伝助の言葉に頷きながら立ち上がり、義市に向かって頭を下げる。

「おやいに、戴きもんをしたそうで」

「何、大したもんじゃありやせん。可愛らしいお孫さんでごぜぇやすね」

硬かった義市の顔が、とろけそうなほど綻ぶ。

「船頭さんも、そう思うかい」

すかさず、おちょうが「おとっつぁん」と、窘める。それから弥生に向けて「ね、困ったもんでしょう」と囁(ささや)く。

まあ、確かにと弥生もこっそり返し、笑い合った。


「楽しそうだったじゃねぇか」

隅田川の向こう岸、回向院裏にある『浜乃湯』へ向かう猪牙で、伝助は弥生に訊いた。

「おちょうさんから、面白(おもしれ)ぇ話でも聞けたかい」

「おやいちゃんが可愛いってぇ話をしただけでごぜぇやす。あとはおちょうさんの身の上話をほんの少し」

そうかい、と伝助が肩を竦(すく)める。

「その割にゃあ、やけにすっきりした顔してるぜ」

「風が気持ちいいもんで」

弥生の方を向いて喋(しゃべ)っていた伝助が、ふいに顔を前へ戻した。呟いた拍子に強い風が吹いたのもあって、何を言ったか、弥生にはよく聞き取れなかった。

——そういう面の時が、癖もんなんだ。

そんな風に聞こえたが、聞き違いだろうか。

「何か、おっしゃいやしたか」

首だけこちらへ巡らせた伝助の面には、悪戯な笑みが浮かんでいる。

弥生の背筋に冷たいものが走った。

伝助の眼だけが、笑っていない。

弥生の腹を見透かすようでもあり、弥生を押さえつけるようでもある、強く冷たい目だ。

ごくりと、弥生の喉が鳴った時、ふと、伝助の目が和んだ。

「おいらも、しっかりお役目をこなさなきゃってぇ話さ」

弥生は、やっとの思いで笑みを浮かべ、小さく頷いた。

四

翌日の八つ過ぎ、弥生は皆より少し早く、松波屋へ舟を戻した。政三と話をする為だ。とんずら屋と関わりのない船頭から漏れ聞いたところでは、政三はしきりに「弥吉」の舟に乗りたがっているのだそうだ。

あちらも自分に用があるのなら、お昌や啓治郎の目を盗んで会うのも、難しいことではないだろう。

そう考えた矢先、弥生の他に人影もなく、猪牙も出払っている船着き場に人の気配がして、弥生は振り返った。

政三さん、と呼びそうになって危うく思いとどまる。

「お客さん、こちらは宿の裏手でごぜぇやすが」

政三は、きょろきょろと周りを窺ってから、「知ってるよ」と応じた。

この機会を逃してはならない。

「猪牙のご用命でごぜぇやすか」

さっと訊いた弥生に、政三は迷う様子を見せながら、返した。

「お前さんが、弥吉さんってぇ船頭さんかい。松波屋一の色男って評判の」

弥生は、少しほっとした。政三は「弥吉」を知らない。これが込み入った芝居なら別だが、少なくとも、何もかも承知の上で進右衛門の策に乗っている訳では、なさそうだ。

小さく笑んで、政三に答える。

「色男かどうかはわかりやせんが、松波屋の船頭で、弥吉って言ったらあっししかいやせん」

「そうかい」

ごくりと、政三の喉が大きく動いた。

「じゃあ――」

ひっくり返った声を、忙しなく唇を舐めて言い直す。

「じゃあ、浅草寺まで頼もうかな」

「弥吉」

固い声で呼ばれて、弥生は飛びあがりそうなほど驚いた。

急いで駆け寄ってきたのは、いつものお目付役、啓治郎ではない。

怖がり源太だ。ちら、ちら、と政三を盗み見る瞳（ひとみ）も、既に怯（おび）えている。

政三を怖がっているのではない。

政三には、顔を見せるな。

他ならないお昌の言いつけを破っているのが、怖いのだ。

その恐ろしさを置いてでも、という並々ならない決心が、栗鼠（りす）に似た目に宿っている。

忙しなく、けれど確かな力で、源太は弥生の袖（そで）を引いた。

「だめだよ、弥吉」

源太に止められ、かえって弥生の腹は据わった。

肝の小さな源太でさえ、お昌に逆らったのだ。

なのに自分が怖気（おじけ）づいて、どうする。

弥生は鳩尾（みぞおち）辺りに力を込めた。

「女将（おかみ）さんには、内緒だぜ」

軽口めいて源太に頼み、袖を握りしめている源太の拳（こぶし）を、やんわりと引きはがす。

大丈夫。何か起きても、舟の上なら自分に利がある。

言い聞かせるように心中で呟（つぶや）き、政三に向かって頭を下げる。

「すぐに、舟を出しやす」

夕暮れまでには間があるものの、川風は既に氷のような冷たさを纏っている。

他の猪牙の客たちも皆、毛氈にくるまり、背中を丸めて川面の厳しい寒さをやり過ごしているから、政三が、何かから隠れるように身を小さくしているのも、さしておかしな眺めではなかった。

櫓の軋みに、風の鳴る音が絡む。高く、低く。くりかえし、途切れることなく。

政三は、どう弥生が世間話を振っても、ああ、とか、いや、とか、短い返事しかしない。

さて、どうしたものか。「おちょうさんが心配してらっしゃいやすよ」とは、切り出せない。

思案した弥生の目の端に、親子三人が寄りそうようにして乗り込んでいる猪牙が映った。二親と毛氈に護られて、幼い子は楽しそうに笑っている。

寂しげな目で親子を眺めていた政三が、ぽつりと呟いた。

「可愛いなぁ」

「旦那、お子さんは」

「いるよ。飛びきり器量よしの娘と、気立てのいい女房がね」

「女房」の話は聞いてないのに。それに、頭の元が、取れてる。

弥生は、込み上げた温かな笑いを、そっと呑み下した。

張り合うように弥生を見てから、もそもそと「今はちょっとした訳があって、離れて暮らしてるけど」と付け加えた。

「すぐに、一緒に暮らせるようになる。いや、おいらが、そうするんだ。そのためだったら、なんだってする」

自分に言い聞かせているようだ。ちらりとそんな気がした弥生の脳裡に、おちょうの悲しそうな言葉が思い浮かんだ。

——しくじった後も、なんとかなる、どうにかなるって。『なんとかする』でも『どうにかする』でもない。ふらふら、ふわふわ、浮っついているうちに、誰かが助けてくれるのを待ってるだけ。

おちょうさん、ご亭主はちょっとだけ変わったようですよ。

心の中で話しかけてから、政三には違うことを訊いた。

「嬢ちゃん、歳は」

「七つ」

「七つっていやあ、昨日あっしがお邪魔したお宅の嬢ちゃんも、七つって言ってたっけ」

さりげなさを装って、弥生は切り出した。

「へぇ」

軽い調子で、政三が乗る。

「その嬢ちゃんも、先行きが楽しみな器量よしでね。平永町の建具職人の親方んとこでしたよ」

びょう、と風が唸った。

政三が、きゅっと背中を強張らせたのが分かった。

「それで、元気にして、いや、どんな娘だったね」

声は背中に増して、ぎこちなく固まっている。少し間をとって、答えた。

「おっかさんに、きちんと躾けられてるんでしょうねぇ。じいさん、ばあさんが猫っ可愛がりしてるらしいのに、我儘なとこはまるで見えねぇ。ちっちゃな根付をやったんですが、そんなもんでも嬉しそうにして、きちんと礼も言える」

「そうかい」

合の手に、隠しようのない嬉しさが滲んでいる。弥生は続けた。

「健気な良い子でね。旦那んとこと同じく、おとっつぁんと離れて暮らしてるそうなんですが、それでも『ちっともさびしくない』なんて、強がり言うんですよ。むきになってね」

「お前ぇさん、ひょっとして」

この船頭は、自分の素性を知っている。政三が気づいた。

張り詰めた声の具合から、それと知れる。それでも弥生は話を止めなかった。

「おっかさんや、じいさん、ばあさんを心配させないようにって、一生懸命なんでしょう。御内儀さんも、口じゃあ『ぼうふらみたいな亭主』なんていいながら、そりゃあお寂しそうで。親子三人、さぞ仲がおよろしかったんでごぜぇやしょう」

政三から、応えはない。

もう、自分と口を利くつもりはないらしい。弥生がそう思った時、政三が「お前さんに」と呟いた。

「へえ」

「若くて男前、何の苦労もねぇ船頭さんに、幼い娘や後家の、何が分かるってんだい」

きつい言葉とは裏腹に、声には棘も覇気もない。弥生は、少し考えて応えた。

「あっしは、ちょっとした訳があって、子供の頃から、その御内儀さんと同じような女を幾人も見てきやした。どうしようもない男だ、お天道様が落っこって来たって、亭主は変わりゃしない。口では憎まれ口叩いてるのに、別れたご亭主を見限れねぇ。とどのつまり、憎まれ口叩きながら戻ってくんですよ。大抵ね」

櫓の近くで、ぽちゃりと水の音が跳ねた。

「戻った女は、その後どうなったんだい」

「さあねぇ。人それぞれ、ご亭主次第なんじゃあ、ごぜぇやせんか。心を入れ替えてりゃ、幸せな暮らしが待ってる。変わらねぇなら、元の木阿弥、いや、もっと始末が悪ぃかもしれねぇ」

政三が、ぎゅっと拳を握りしめる。自分も変わるんだ、どんなことに手を染めたって。きつく閉じた唇は、そんな決意を伝えてくる。

弥生は、さり気なく身構えた。

いつ、どんな動きをされても往なせるよう、足場を確かめる。櫓を握り直し、いざという時の得物として使える竿の在り処を目で追う。

けれど、政三は動かなかった。

一体、どんな企みがあるというのだ。

そんな疑わしさと入れ替わって、すぐに申し訳なさが首を擡げる。

いや、と弥生は自分の甘さを押し込めた。自分のとばっちりで厄介な目に遭わせて済まない。そう詫びるのは容易い。けれどそれでは自分が楽になるだけで、政三もおちょうおやい母娘も、何も変わらない。

この親子の為に何かしたいと思うなら、一生胸に申し訳なさが残ったって、腹を立てられたって構わない。啓治郎がしてくれたように。弥生は言葉を押し出した。

「変わりゃあ何でもいい、ってもんでもねぇでしょうがね。例えば、他人様に顔向けできねぇ真似して一緒に暮らしたって、その罪咎を何にも知らねぇ女房子供に、背負わせるだけだ。だったら離れて暮らしてたが、いくらかましってぇもんですぜ」

政三が、怒りを纏った。何か言いたげな目で弥生を睨む。

弥生は、政三の視線を正面から受け止めた。

止めずに動かす櫓の音だけが、穏やかな調子で鳴る。

そろそろ、浅草辺りだ。政三の挑むような気配は変わらない。

やはり他人に一言二言言われたくらいでは、心を変えてくれないのだろうか。

「浅草寺へ行きがてら、御蔵を眺めてぇんでごぜぇやしたね。もうちっと陸へ寄せやしよう」

諦め混じりに声を掛けた弥生を、政三が「止めだ」と、喚いて止めた。

「旦那、どうなすったんで」

「浅草行きは、止めだと言ったんだよ」

「ですが」

「いいからッ。早く、早く引き返してくれ。御蔵にこれ以上近づく前に」

言い振りはものすごい剣幕だが、政三の顔には焦りが滲んでいる。

ただ事ではない。

弥生は、他の舟を避けながら、一旦すぐ近くの陸に猪牙を着け、舳先を川下へ向け直した。

「松波屋へお戻りで、よろしゅうごぜぇやすか」

震える声で、「ああ」と答えたきり、政三は口を閉ざしてしまった。

松波屋に戻って猪牙を降りざま、照れと安堵の混じる笑みを、政三は弥生に向けた。

「船頭さん、顔に似合わず、きついこと言うね」

「まったくだ、客に向かって。でもね、何でだろう。弥吉さんの台詞にゃあ、重みがある。誰に叱られても覚めなかったぼうふら亭主の眼を、しゃきりと覚めさせるほどの、ね」

「申し訳ございやせん」

茶化した口調で告げ、政三は帰っていった。

政三——進右衛門が何を企んでいたのか、とうとう分からなかった。

けれど、そんなことは今はどうだっていい。

少しは、自分の言葉が政三の心に届いたのかもしれない。進右衛門一派と、手を切ってくれるかもしれない。

それなら、自分一人でだって、もう一度政三をどこか身を隠せる所に「とんずら」させてやってもいい。心置きなく暮らせるようになる訳ではないが、江戸にいるより少しはましだろう。

じんわりと染みるような嬉しさを嚙み締めながら、弥生は新たな決心をした。

裏

「お前らしくないよ」

市兵衛が、湯気の向こうにいる相手を柔らかく咎めた。

「面目次第も、ごぜぇやせん」

『浜乃湯』の柘榴口を挟み、湯船に市兵衛、流し場側に「草」が陣取っての遣り取りだ。他の客のたてる水の音や、笑い合う声が響いているが、どれも柘榴口の方を気に留めている様子はない。

市兵衛が、相撲取りか役者を評するような軽い物言いで、呟いた。

「お前の細かで確かな探索ぶりを逆手に取られてこそのことだろうが、まんまと相手の罠に引っ掛かったことには違いない」

「へぇ」

「勿論、借りを丁重に返して差し上げるつもりは、あるんだろうね」

それまでと変わらない、穏やかな問い掛けだった。

けれど「草」の気配が、一遍に強張った。

硬い間を置き、「勿論でございやす」と、小さな答えが返る。

うん、と応じてから、市兵衛は「それはそうと、助かったよ」と、切り出した。

「なんでございやしょう」

「うちのお転婆を、気にかけておいてくれて」

まったくあの娘は、油断も隙もありゃしない。

呆れ半分、心配半分のぼやきに、真摯な頼みが続く。

「引き続き、くれぐれも頼んだよ」

ようやく、「草」の気配が和んだ。

承知、と答えた声に、ほんのりとした笑いが滲(にじ)んでいた。

第五話　御蔵傍——奪還

一

自分一人でも、もう一度政三を逃がす。

取り決めを破って江戸へ舞い戻った客を助けるのは、「とんずら屋」を裏切るのも同じだ。

揺らぎそうになる重い決心を繋ぎ止めるつもりで、弥生は猪牙を舫った。

「どこ、行ってやがった」

出し抜けに掛けられた声に、ぎくりとする。

自分の想いに夢中で、啓治郎の気配に気づかなかった。

こっそり息を整え、何食わぬ顔で振り返る。

「どこって、猪牙を流してただけだ」

「八つ過ぎに一旦戻ったってぇ聞いたけどな」

そんなことまで、知っているのか。

大袈裟に顔を顰め、「なんだっていいだろ」と、言い捨てる。

啓治郎は、気懸りそうな顔で弥生を見たが、拍子抜けするほどあっさり引き下がった。

「まあ、いい」

それから目を厳しくし、弥生の二の腕を取って引き寄せる。

「それよりお前ぇ、暫く松波屋から離れてろ」

低い早口で囁かれた言葉は、思いもしなかったもので、

「なんだって」

間抜けに訊き直した弥生に、啓治郎が応じる。

「進右衛門の奴が、戻ってきた」

どくん、とひとつ、手足の先まで大きく波打った。

二人の間を、冷たい風が甲高い唸りを上げて行き過ぎる。啓治郎が小さく舌を打った。

「政三の野郎と落ち合って、何か仕掛けてくる気に違ぇねぇ。女将さんにゃあ俺から伝えとく。『柏屋』でも、東慶寺でもいい、早く行け」

啓治郎に応えようとして、弥生は息を呑んだ。目の前の広い肩越しに、見慣れた顔が覗いている。

「誰が何を企むって」

なぜ、前と少しも変わらないのだろう。

上品な若旦那姿も。軽やかで、浮ついていて、どこか温かい調子の物言いも。

まるで、何もなかったみたいだ。

そのことが、かえって弥生と進右衛門——丈之進の間の溝がどれだけ深いかを、この男が紛れもなく敵方なのだということを、弥生に思い知らせる。

「若旦那」

弥生は、腹立たしいよりも哀しい思いで、目の前の男を呼んだ。

「やあ、弥吉。相変わらず男前だね」

進右衛門が軽く笑って、すぐに面を引き締める。

気配が変わったのを察し、背に庇おうとした啓治郎を、弥生は「いいから」と、止めた。

逃げない。逃げたって、変わらないのだ。

進右衛門の本当の名が丈之進で、侍だということも。政三を江戸へ呼び戻し、自分を陥れる道具に使ったことも。

そして、母と自分を追い回していた敵ではないにせよ、あちら側にいる人なのだ、ということも。

丈之進は進右衛門の形と顔で、涼やかに微笑んでいる。

「弥吉の顔が早く見たくて裏へ回ったんだけど、穏やかじゃない話をしてるじゃないか」

啓治郎から、青白い炎が立ち上ったような気がした。

「啓治」

低く宥めた弥生を、分かってる、と見返し、啓治郎は冷ややかに進右衛門を往なした。

「若旦那にゃあ、関わりのねぇこって」

「政三って、まさか箱根関まで逃がした、あの建具職人じゃないだろうね」

「一体、何のお話をされてるんだか――」

惚けかけた啓治郎を、進右衛門が軽く手を挙げて抑える。

「今は、惚け合いはなしにしよう、啓治郎。そんな段じゃなさそうだ」

それから、弥生に目を移して、「政三、戻ってきたのかい」と訊いた。

関わりのない親子を巻き込んでなおしれっとしている進右衛門に、弥生はありったけの怒りをぶつけた。

「何を、今更。若旦那こそ、お惚けになっちゃ困りやすぜ。若旦那が政三さんに、何やら巧いこと吹き込んで松波屋へ送り込んだって、こちとら先刻承知だ」

さっと、進右衛門の顔色が変わった。

「俺じゃない」

「ふ、ざけるなッ」

怒鳴った弥生へ、進右衛門は仄かに悲しそうな目を向けた。

思ってもみなかった顔に、戸惑いが過る。

本当に、違うのか。

「天地神明に誓って、俺じゃない。父の手の者でもない。だったら、のこのこここへ戻ってはこない」

真摯な眼、もっともな言い分だ。啓治郎と弥生が顔を見合わせたところへ、源太が割って入った。

「政三さんの舅が、怒鳴りこんできやがった」

「一体、何が」

訊こうとした啓治郎を遮って、源太は喚いた。

「政三さんの娘が、誘拐かされちまったんだよッ」

政三の舅──建具職人の義市が、「弥吉に会いたい」と言っている。

源太から聞かされ、啓治郎と二人で客間へ急ぐと、義市はお昌と睨み合っていた。お昌は盛大な顰め面、義市は怒りと焦りで、顔をどす黒く染めている。

「義市の親方さん」

弥生に声を掛けられ、義市がほんの僅か、目許を和ませた。

「おやいちゃんが、誘拐かされたってのは、いってぇ」

弥生に応える代わりに、義市は小袖の袂から小さな根付を取り出した。

弥生がおやいにやった、赤い組紐の根付だ。

ざあっと、音を立てて血の気が引いた。

苦い口振りで、お昌が弥生に訊ねる。

「本当に、お孫さんが誘拐かされたのか、証を見せてくれってぇ、いくら頼んでもこちらさんは、聞いちゃあくれなくてね。お前に会わせろの一点張りさ」

小さく息を吐いて、続ける。

「その顔色じゃあ、どうやら覚えがあるようだね」

「こいつは、あっしが確かにおやいちゃんにやったもんです」

もう一度溜息を吐き、お昌が頷く。

「なんだって、お前がこちらさんのお孫さんを知ってるのかは、後からじっくり聞かせて貰うとして。義市さんとおっしゃいましたか。それならそうと、最初から言って下さればもうちょっと話は早く進んだんですよ」

鼻息荒く、義市はお昌に言い返した。

「最初から言い掛かりだと決めつけておいでのお人に、何を言っても無駄でしょうからね。おやいとこの根付を知ってる弥吉さんに見てもらうのが、かえって早ぇんじゃないかって、考えたってぇ訳でさ」

眦を吊り上げたお昌を、啓治郎が「女将さん」と宥めた。

噛み締めた歯の隙間から押し出すように、義市が告げた。

「文と一緒に、こいつが届いた。おやいは、お前さんから貰った根付を大層大事にしててな。いつでも帯に挟んで歩いてたんだよ」

根付を握りしめた拳が、細かく震えている。

「それで、その文にゃあ何て書いてあったんで」

訊いた自分の声が、義市の職人らしい、ごつごつした拳よりも派手に震えていることに、弥生は戸惑った。お昌が、刺すような眼差しをこちらへ向けている。

ふいに、義市の身体から力が抜けた。ほっとしたように弥生へ頷きかけてから、お昌へ訊く。

「うちの娘の別れた亭主の話から、しなきゃあいけねぇかい」

「手前どもがその元ご亭主ってぇお人を匿ってるのじゃないか。そうお疑いでどなり込んでいらしたのなら、ぜひともお聞かせいただきたいですね」

政三を先刻承知なのはおくびにもださず、お昌はどっしりと答えた。

義市は、元婿の人となり、娘と離縁させた経緯を、すらすらと語った。先刻の睨み合いが嘘のようだ。お昌はお昌で、既に摑んでいるものと殆ど違わない話に、静かに耳を傾けている。

義市が飛び切り苦々しく、ぼやいた。

「うちのおちょうも、甘い女でごぜぇやしてね。夜逃げするのに入用な金子を、こっそり用立ててやっちまった。まあ、それで奴が江戸から出てって二度と関わらねぇんなら、それも有りかってぇ見逃してやったんだ」

なのに、政三は江戸へ舞い戻ってきた。それを目明しの伝助から聞かされ、只でさえぶん殴ってやりたい心地になったところへ、よりによっておやいの誘拐かし騒ぎだ。

「あの馬鹿野郎、どんな厄介事を請け負ったのか知らねぇが、そいつをすっぽかしやがったようでしてね。文にゃあ、こうありやした。おやいを無事に返して欲しければ、娘の父親に、手筈通りの仕事をさせろ」

弥生は身体が震え出すのを、止められなかった。

あたしが、巻き込んだ。

何の罪もない、おやいちゃんを。

寂しそうで、少し大人びていたあの娘は、無事でいるのだろうか。怖い思いをしていないだろうか。

お昌の声が、遠くに聞こえた。

「打ち明けてくだすったのは、有難いですけどね。一体どういう風の吹き回しです。喧嘩腰から一転、何だってそこまで弥吉を信用しておいでなんでしょうか」

義市が微かに微笑んで、弥生を見る。

「そりゃあ、女将さん。弥吉さんがうちのおやいを本気で心配してくれてるからですよ」

顔を見りゃ分かる。

労わるように付け加えられ、弥生はようやく我に返った。

しっかりしろ、と自分を叱る。

巻き込んだと思うなら、済まながる前に、どんなことをしたって無事に助け出さなければいけない。

啓治郎のそっと息を吐く気配が、伝わってきた。弥生の顔色を窺っていたらしい。気付けば、お昌も弥生を見ていた。

ようやく、目が覚めたかい。

そんな風に目許で笑ってから、お昌が義市に向き直る。

「うちにお探しのお人がいるってのは、どこからお聞きになったんです」

「伝助親分を、ご存知ですかい」

弥生をわざわざおやいの家へ連れて行った、伝助の目論見が見えたような気がした。

あの目明しもぐるだ。

目で必死に訴えたが、お昌は気付かないのか知らぬ振りをしているのか、さらりと義市に応じる。

「ええ、そりゃもう。うちの亭主の囲碁仲間ですよ」

そうですか。伝助親分が、親方に、ね。

思案を纏めるように呟いてから、あっさりと続けた。

「ここしばらく、松波屋をよくお使いいただくお客さんで、おっしゃるような人相風体のお人がおいでですよ。名も政三さんとか」

腰を浮かせかけた義市を宥めるように、「けどね」と続ける。

「お泊まりいただいてる訳じゃあございませんのでね。今どちらにおいでなのかは、見当もつきませんよ」

つい先刻まで、自分と共にいた。

口の先まで出かかった言葉を、お昌に鋭い眼で止められる。義市が再び厳しい顔つきになった。

「松波屋さんは、馴染客に長逗留させることもあるって聞いたぜ」

「そりゃ、古馴染のご贔屓さんなら旅籠の真似事も致しますがね。ここ暫く、幾度かお使いいただいたってだけじゃあ、こういっちゃなんですが、お馴染さんでもご贔屓さんでも、ありませんよ」

突き放すような言い振りに、さしもの義市も言葉を失くしたようだ。

ふいに愛想の良い笑みを浮かべ、お昌は請け合った。

「ただ、事が事だ。知らぬ振りを決め込む訳にもいきません。政三さんがおいでになったら、すぐにお知らせしましょう。勿論、親方なり親分なりがお出でになるまで、足止めしておきます」

それならここで待たせて貰うと粘った義市を宥め賺して帰してしばらく、弥生と啓治郎はお昌の帳場に呼ばれた。

ともかくまずは伝助のことを伝えようとしたところに、源太がやってきた。

「女将さん、急ぎの文でごぜぇやす」

手渡された文を読むお昌の目が、見る見るうちに厳しくなる。

お昌の目は、見たこともない怒りに燃えていた。

弥生は怯んだが、どうでも知らせなければならない。

「女将さん、伝助親分のことですが」

ようやく口に上らせた言葉を、お昌は軽く掌を向け遮った。紅蓮の炎が揺れているような双眸は、ひたと文に当てられている。

「伝助親分のことは、分かってるよ。お前が心配するこっちゃない」

ですが。

言いかけた言葉を、お昌は今度は文をくしゃくしゃに握りしめることで抑えつけた。

「『草』からの知らせだよ」

「文には、なんて」

訊いた弥生に凄味のある笑みを向け、お昌はゆうるりと呟いた。

「やってくれるじゃないか。このお昌さんをここまで虚仮にしてくれるとはね」

ひゅっと、臆病者の源太の喉が鳴った。弥生は啓治郎とこっそり目を見交わす。

「源太、啓治」

ぴしりと、鞭のような声が飛んだ。

「うひゃ」

「へぇ」

源太の悲鳴と啓治郎の応えが重なる。

「今すぐ政三の奴を捜して、ここへ連れといで。暴れるようなら簀巻にしてもかまわないよ。たんこぶや痣も二つ三つなら、遠慮しなくていい。それより、誘拐かし騒ぎで八丁堀も動いてるかも知れないからね、くれぐれも気をつけとくれ」

啓治郎が軽く首を垂れて、立ち上がった。ばたばたと、源太が後に続く。

「弥吉は、若旦那をお連れしとくれ。お戻りになってるのは、知ってるだろう」

なぜ、進右衛門をここへ。

訊きたかったが、事が収まるまで目減りしそうにないお昌の怒りに押され、弥生もまた小さく頷いて、帳場を出た。

二

政三を江戸へ戻したのは、本当に進右衛門ではないのか。この数日、どこへ行っていたのか。

お昌が呼んでいる、と伝えたら、進右衛門はどう出るのだろう。

色々な考えが、ぐるぐると頭の中で渦を巻いている。

敵陣へ一人向かった使者のような気になっていた弥生は、浮ついた進右衛門に拍子抜けした。

「なんだい、弥生ちゃんから逢い引きの誘いじゃないかって、喜んだのに。相手が女将じゃあ、正直嬉しかないねぇ――」

どさくさ紛れに、他の娘や芸妓たちに向けるような軽口まで嘯く始末だ。

「お声を掛けて下さりゃ、逢い引きだろうと吉原通いだろうと、いつでも猪牙を出しやすぜ」

知らぬ振りで往なし、見返して気付く。

柔らかな笑みを裏切る真摯な光が、形の良い眼に閃いている。

『美原屋』と女中のおようを気遣っていた時と、同じ色の光だ。

進右衛門もまた、政三やおやいを気遣ってくれているのだ。

このひとじゃ、なかった。

気を許すな。自分の望むような味方には、なってくれない人なんだぞ。

頭の隅で、しきりに誰かが囁いているが、弥生は安堵を止められなかった。

つれないねぇ。ふたりっきりの時くらい、こないだみたいに、娘言葉で返してくれてもいいのに。

ぶつぶつぼやいている進右衛門を急かし、常夜灯と手燭がぼんやりと照らす闇を、帳場へ向かう。

「弥吉の元気な顔が見られて、よかった」

ふいに後ろから、思いもよらない言葉を掛けられ、弥生は手にした灯り(あか)を取り落としそうになった。

「悠長なことを」

冷ややかに言い返せたことにほっとして、続ける。

「御父上様に、叱られやすぜ」

「親父殿は、この際脇へ避(よ)けておくよ。冗談抜きで、これでも心配してたんだ。弥生ちゃんが私をどう思おうと、ね」

弥生は進右衛門にどう返せばいいのか、分からなかった。

ゆら、ゆら、と揺らぐだけの心許(こころもと)ない灯りが、今は有難かった。

この暗さなら、狼狽(うろた)えた自分を進右衛門に悟られずに済む。


お昌は、上機嫌で進右衛門を迎えた。

「若旦那、いえ、若様とお呼びしたがよろしゅうございますか」

差し向かいに腰を降ろした進右衛門に、お昌がまず訊いた。声音に皮肉や敵意は、感じられない。

もっとも、先刻から纏っている怒りの気配は、濃さを増しているようだ。

「この恰好(かっこう)だしね。下手すりゃ勘当されるかもしれないから、若旦那でいいよ」

「やっぱり、うちの弥生の為に御父上様にたてつかれましたか。それはお詫びをしなければ」

「好きでやってるんだ。女将に詫びられるほどのことじゃない。弥生ちゃんに礼を言われるのは、嬉しいけど」

「私どもは若旦那に、とんだ濡れ衣も着せちまいました」

「それこそ、筋合いじゃないよ。途中まで濡れ衣じゃなかったのは、確かだ」

「ちょっと、待って下さい。叔母さん、若旦那」

弥生、弥生と呼ばれ、つい娘に戻って割って入る。進右衛門が「おや、嬉しいねぇ。今は弥生ちゃんだ」と茶化した。

進右衛門をねめつけてから、弥生はお昌に訊ねた。

「叔母さん。私には一体何が何だか」

お昌が背負っている炎が、一回り大きくなったように見えた。ぎくりとしたが、弥生が怒らせたのではないようだ。

「啓治はともかく、源太や政三の奴には聞かせられない話だ。ちゃっちゃと済ませちまおうか。さっきの文の話だ」

「草」からの、知らせだ。弥生が無言で頷くと、お昌は無造作に告げた。

「一杯、食わされたのさ」

敵は、進右衛門の素性が松波屋方に知れたのを、摑んでいたのだという。

そこで進右衛門が姿を消したのをいいことに、濡れ衣を着せた。政三の江戸入りの道のりのそこかしこに、足跡を残した。決してあからさまでなく、巧みに隠しながら。それでも念入りに調べれば、確かにそれが「各務家次男」のものだと知れるように。

「相当な念の入れようでね。宿で支払いをした侍の煙草入れに、各務様の御紋が入ってたとか、その侍と人目を憚って落ち合った家来らしい男が『若』だの『国許の御父上様』だの言っていた、とか。どれもこれも、似たようなもんさ」

お昌が、すっと細めた眼を、進右衛門に向けた。

「いきなり雲隠れなんて紛らわしい真似の訳を、是非とも伺わせていただきたいんですけどね。若旦那」

刹那、進右衛門の気配が険しくなった。お昌は勿論、髪の毛一筋ほども動じた様子を見せない。すぐに、ひょい、と肩を竦め進右衛門が答える。

「弥吉から手を引くよう、親父殿の腰巾着に談判しに行ってたんだよ」

どうして、そんなことを。

まるで訳が分からず、二人を見比べるしかできない弥生を余所に、お昌が低く訊いた。

「それで、首尾は」

「まるで、話にならない。頑固親父の腰巾着が石頭だというんだから、始末に負えないよ」

「それにしちゃ、随分とさばさばしておいでじゃあありませんか」

お昌の人の悪い笑みを、進右衛門は不敵な笑みで受ける。

「こっちはこっちで勝手にやらせてもらう道も、思案してたからね。大して、うろたえることじゃない」

ようやく、「どうして」と、弥生は口を挟んだ。

「どうして、御父上様、いえ、親御さんと仲違いしてまで、そんな――」

進右衛門が丈之進の顔で、寂しそうに笑った。

「父と考えが違っただけだ。こんなお転婆、引き込んだとしても思うようにはならぬ。ならば、当人たちの望み通り放っておくのが上策。そう思ったまで」

侍言葉の身も蓋もない言い振りに、間違えようのない優しさが、滲む。

およそやおやいに向けられたものと同じ気遣いを、自分にも向けてもらえるとは、思ってもみなかった。弥生は、嬉しさよりも戸惑いを感じて、どぎまぎと目を逸らした。

すぐに「若侍」から「若旦那」に戻り、言い添える。

「弥吉は、自分とおっ母さんのことだけ考えてればいい。私や政三一家の心配なんか、しなくていいんだよ。そうしてくれてた方が、かえってこっちは動きやすい」

啓治郎と同じことを、進右衛門にも言われた。申し訳なさとくすぐったさが、同じだけ胸の外に沁み出す。

「ともかく、お前は大人しくしてろってことだよ」

お昌にも一押しされ、弥生はさり気なく視線を外して「へぇ」とだけ、返事をした。

夜更け、九つの少し前。床に入ってうとうとしていた処へ、源太が呼びに来た。

急いで身支度をして帳場へ向かうと、簀巻にこそなっていないが、仁王立ちの啓治郎に睨み降ろされ、ちんまりと縮こまった政三の姿があった。

おやいが誘拐かされた話は、もうお昌から聞かされていたようだ。弥生の顔を見るなり、必死で縋ろうとしたものの、啓治郎に手荒に遮られ、半べそで訴える。

「弥吉さん、頼むよ。おやいを、娘を助けてくれ。おいらと一緒に来ちゃあ貰えないか」

頼む。この通り。

畳に額を擦りつけている政三の姿は痛ましくて、弥生には見ていられない。自分のせいなんだと打ち明けたいのを、堪えるのがやっとだ。

「まずは、経緯を聞かせて貰いましょうか。お前さんが何を企んでたのか。どうしてうちの船頭を狙ったのか」

「女将さん、企んでたなんて、そんな」

「口を出すんじゃないよ」

口答えしかけた弥生をぴしゃりと叱ったお昌の声に、政三が身を竦ませた。

声を裏返し、言い淀み、閊えながら、政三は今までのことを打ち明けた。

借財が返せずに、「とんずら屋」に頼んで江戸から逃がして貰ったこと。そのための金子は、別れた女房に工面してもらったこと。箱根関を抜けてすぐ、見ず知らずの侍に声を掛けられたこと。笠で顔を隠した侍は、政三にこう持ちかけた。

江戸へ戻って、弥吉という船頭を連れ出してくれれば、借財も肩代わりしてやる。別れた女房との中を取り成してやってもいい。

小判を見せられ、政三自身だけでなく、おちょうやおやいのことも調べ上げられていることを知らされ、政三の腹は決まった。

言うことを聞かないと、おちょうやおやいも、どんな目に遭わされるか分からない。何より、逃げ隠れなぞせず、また親子三人で暮らしたい。

お昌が、怒りの混じる息を吐いた。

「侍の素性は。顔は見ずじまいだったのかい」

高飛車な問いに、政三が弱々しく首を横に振る。

「まったく、呆れたね。顔も素性も知らないさんぴんの言うことを信じたのかい。まさか、その侍が船頭をどうするつもりなのかも、訊かなかったんじゃないだろうね」

もごもごと口籠った政三を、啓治郎が睨み据えた。

ひゃっと首を竦ませ、震えながら白状する。

「命まではとらないって」

「なんだと」

啓治郎の唸りには、殺気がこもっていた。

「ほ、本当だよ。礼儀を知らない船頭を少し大人しくさせるだけのことだ、命までは取らないから、心配するなって。浅草御蔵のすぐ先、三好町辺りまでそいつを連れだしたら、すぐに帰っていいからって。だから引き受けたんだ」

「手前ぇ」

胸倉を摑もうとした啓治郎を見て、政三は慌てて「けど」と叫んだ。

「引き返したんだッ。弥吉さんと話して、こんな親身になってくれるお人を、酷いめに遭わせちゃいけないって。そしたら、おやいが――」

自分が行く。

言いかけた弥生を、お昌が身ぶりで止めた。

「命あっての物種とは、確かに言うけどね」

お昌の語り口は、ゆっくりと穏やかだった。恐る恐る、政三が啓治郎からお昌へ視線を移す。

きらりと、お昌の双眸が光った。

「殺されなきゃ、いいのかってぇ話でもないだろう。船頭が手足を折られたら、どうなるか。客寄せの大本になってる男前の顔に傷でもつけられたら、どうなるか」

はっとした政三の顔から、みるみる血の気が引いていった。

「普段からそこまで思案する癖をつけとかないから、いざって時に大してお頭が働かずに、危ない奴の頼みを引き受けた挙句あっさり反古にして、娘さんを誘拐かされちまうんじゃないか」

「おやいが誘拐かされたのは、おいらのせいだってのか」

震える声で言い返した政三の言葉が、弥生の胸に刺さる。

「じゃなきゃ、誰のせいだっていうんだい。まったく情けないね」

冷ややかに言い捨てたお昌へ、政三がきっとした顔を向けた。

「おいらのせいだって、なんだっていい。土下座しろってんなら、幾度でもする。だから、頼みます。弥吉さんに」

「お断りだね」

「女将さん」

口を挟んだ弥生を、お昌は「お黙り」と叱り飛ばした。

「年端もいかない娘を誘拐かしてまで、お前さんに言うことをきかせようとする。そんな物騒な連中が、言葉通りうちの弥吉の命を助けてくれるもんか」

政三の顔が、哀しげに、苦しげに、歪んだ。

「じゃあ、おやいを助けるにゃあ、おいらは一体どうすればいいんだ」

ここでも突き放すのか。

気が気でない弥生に、お昌はちらりと笑いかけてから、政三へゆったりと切り出した。

「お前さんを逃がしたってぇ連中。『とんずら屋』っていったっけね。そいつらに、誘拐かした連中から娘を逃がして貰やあいいじゃないか。『逃がす』のが商売なんだろう」

三

勝手に弥吉を売られたら、たまらない。

そう嘯いて、お昌はなかなか心が決まらない政三を、松波屋に留め置いた。客間に通しはしたものの、見張りをつけ、厠の他は出歩くことを許していないから、閉じ込めたも同じだ。

見張り役の源太に連れられ、政三が帳場から遠ざかるのを待って、お昌が「さて」と、弥生に切り出した。

「お前のことだ。どんなに止めても、何かやらかすんじゃないかとは、思ってたけど」

独り言めいた物言いには、疲れと寂しさが薄らと滲んでいる。

「政三の別れた母娘に会いに行っただけならまだしも、あれだけ顔を見せるなって念を押しておいた、奴の企みに乗るなんてね。お前はあたしの言いつけを、なんだと思ってるんだろうね、弥吉」

弥生の頭に、船大工の泣きべそ顔が浮かんだ。

「源太の奴。内緒だって頼んだのに」

お昌にぎろりと横目で睨まれ、しおしおと黙る。

「八つ当たりをおしじゃないよ。奴等に出し抜かれはしたが、『草』だってそれくらいお見通しさ」

　知れているなら話は早い。自分が今何を考えているかも、お昌は恐らくお見通しだ。

　きゅっと顔を上げ、確かめる。

「政三さんを、女将さんはどうするおつもりなんです。義市さんにはお報せをするんですか」

「若旦那に言われなかったかい。お前は自分とおっ母さんのことだけ、考えてりゃいいって」

「そんな訳には行きません」

　弥生は、歯の間から押し出すように呟いた。お昌の気配が尖ったが、引く訳にはいかない。

「だって、叔母さん。あたしとおっ母さんは、今危ない目には遭っていないし、怖い思いもしていない。でも、おやいちゃんは違う」

　寂しげで、健気だったおやい。あの娘は、まだ七つだ。

「面白いこと言うじゃないか」

　呟いたお昌の声音は、冷ややかだった。

「じゃあお前は、諸国津々浦々、危ない目に遭ってたり、怖い思いをしてる子供を見つけるたびに、自分が身代わりになってでも助けてやるつもりなのかい」

「あたしは、そんなこと――」

「ついでに、もうひとつ訊こうか。昨日今日会ったばかりの子を助ける為に、今日まで苦楽を共にしてきた仲間に、危ない橋を渡らせようってのかい。お前はいいことをした気になって、心が軽くなるんだろうけどね。そのお前を今度は誰が救いださなきゃならないと、思ってるんだい」

お昌の言葉が、痛かった。

今まで、お昌にどんな厳しいことを言われても、弥生はどこか嬉しかった。お昌の叱責の中に、母に劣らない慈しみを見ることが出来たからだ。

現にその慈しみを、お昌は今も向けてくれている。

それは確かに感じ取れているのに、喜べない。

なぜ、自分のこの焦りを分かってくれないのか。

政三に、娘のとんずら代という新たな借金を負わせるつもりなのか。

もどかしさと憤りが絡み合い、募っていく。

ついこの間までは、お昌が何を考えているか分からなくても、平気だった。

なのにどうして、今はこんなに苛立っているのだろう。一人置き去りにされた気分になっているのだろう。

まるで、お昌や啓治郎、『松波屋』の皆と自分との間に、深い谷が口を開けているみたいだ。

ぎゅっと、弥生は一度唇を噛んで、自分の膝頭を睨みつけ、言い返した。

「救って頂かなくて、構いやせん」

「弥吉っ」

それまで口を噤んで弥生とお昌の言い合いを見守っていた啓治郎が、鋭く止めた。

啓治も、女将さんと同じだ。

弥吉の物言いで、心中切り捨てる。

「もし、あっしが奴等の手に落ちても、皆さんは知らぬ振りを決め込んでくだせぇ。こいつは、『とんずら屋』とも『松波屋』とも関わりのねぇ話、あっしがつけなきゃならねぇ落とし前だ」

啓治郎の哀しげな瞳も、お昌の怒り顔も、弥生は頑なに見ない振りを通した。氷の壁を挟んで二人と向き合っている心地だった。

「話に、ならないね」

疲れたように、お昌が吐き捨てる。

「啓治。弥生も簀巻にしちまいな」

「女将さんッ」

今動きを封じられたら、おやいはどうなる。あの娘を救えるのは、自分しかいない。

自分が救いださなければいけないのに。

けれど弥生が叫んでも、お昌は目を合わせようとしない。大福帳をぺらぺらとめくりながら、啓治郎に向かって言いつける。

「聞こえなかったのかい。納戸に閉じ込めて、鍵掛けとけって言ってるんだよ。ここの奴等は揃って弥吉に甘いからね。政三の馬鹿と違ってどいつもこいつも、見張りにゃ使えない」

こういう時の「納戸」とは、裏の仕事で使う隠し納戸のことだ。とんずらで入用なものを仕舞ったり、いざという時に何かを封じ込め、隠す為に使っている。無論、とんずら屋と関わりのない仲間たちは、船大工、源太の仕事場のすぐ隣にこんな納戸があることさえ、知らない。

啓治郎は問い掛ける目でお昌を見ていたが、すぐに静かに立ち上がった。

「行くぜ」

哀しい色を纏った瞳のままで、弥生を促す。

「啓治、おいらは」

「担がれたくなきゃ、手前ぇの足で歩け」

だめだ。

目の前が、真っ暗になった。

啓治郎は、お昌に輪を掛けて取り付く島がなかった。

広い背中にいくら訴えかけても、返事ひとつよこしてくれない。

ただ、本当に簀巻にされたくなかったら大人しく付いてこいと、静かな気配で伝えてくるのみだ。

外から錠前を掛ける音が、谷底へ転がり落ちる石ころの音のように、深く冷たい尾を引いて響いた。

埃臭い納戸の隅、膝を抱えて蹲ってから随分経ったような気がするが、夜明けを告げる明け六つの時鐘は、まだ鳴っていない。

喚いたり、当たり散らしたりする力があるなら、いざという時の為に取っておけ。どうせ、お昌はびくともしない。

じりじりとした焦りを、息を詰めて胸の裡に押し込め、繰り返し、自らに言い聞かせる。

おやいを助ける。

弥生の頭は、その一念で埋め尽くされていた。

建具の動く微かな音が響く。急いで顔を上げると、目立たないよう念入りに仕上げられた明かり取りの格子窓がずらされ、その隙間から悪戯な顔が覗いた。

「閉じ込められたにしちゃ、随分大人しいじゃないか」

こんな時でも、からかうような声は相変わらずだ。

「若旦那」

「なんだ、起きてたのかい。やけに静かだから、ひょっとして寝ちまったのかと思ってたとこだよ」

弥生は急いで戸に取り付き、早口で訊いた。

「若旦那、鍵をお持ちですか。それでなけりゃ、どうにかここが開きませんか」

ふう、と飛び切り苦い溜息が進右衛門の口から零れた。

「あのね。あの女将の目を盗んでここの鍵を持ち出せる奴なんぞ、どこにいるっていうんだい。力ずくで板戸を壊したりした日にゃあ、目を吊り上げた啓治あたりがすぐさますっ飛んでくる」

まあ、お座りよ。進右衛門が弥生を宥めた。

がたん、と板戸が重く揺れた。格子窓から覗くと、腰を降ろした進右衛門が、戸に凭れかかった恰好で人差し指を上下に動かし、弥生を促している。

仕方なく、板戸のすぐ脇の柱に背中を預け、膝を抱えた。

「好きあった男と女が親の目を盗んで会ってるみたいで、悪かないね」

相変わらずふざけてばかりの進右衛門を、「若旦那」と、弥生は低く窘めた。

「かりかりしたって、埒は明かないよ」

「そんなこと、分かってます」

「ほら、言ってる側から、また」

あしらわれている気がして、微かに笑みを含む物言いが癪に障る。

「からかうだけでいらしたのなら、放っておいてください」

小さな間の後、進右衛門が呟いた。

「随分と、近視(ちかめ)なことを言うね」

私のどこが近視だというのだろう。

「それに、耳も塞(ふさ)いでいるらしい。まるで、自分の周りに堀を巡らせて、弓矢除(よ)けの板を立てて、籠城(ろうじょう)してるみたいだ」

けど、と弥生は勢いで言い返した。

「誰もあっしの話を聞いてくれねぇじゃ、ありやせんか。愚図愚図してたら、おやいちゃんが」

「そうだろうか」

穏やかな進右衛門の問いに、弥生は途中で言葉を切った。

「ほんとうに、聞いてくれてない」

「若旦那(わかだんな)は、何が仰(おっしゃ)りてぇ」

「弥吉、いや、弥生ちゃんの望みは何だい」

「そりゃ、おやいちゃんを助けることに、決まってやす」

ふうん、と進右衛門が合の手を入れた。信じていない色が、ありありと見える。弥生が嚙みつくより早く、進右衛門が続けた。

「余計なもんが、くっついてやしないかい。あたしがっていう、さ。いや、あたしひとりで、かな」

後ろから、頭を殴られた心地がした。

そんなことはない、と言えなかった。

皆との間の谷は、出来たんじゃない。あたしが、つくったんだ。

啓治郎さんの哀しそうな目は、叔母さんが怒っていたのは、あたしが自分で、皆から離れていったから。

進右衛門の声音は、変わらずに軽やかだ。

「いいじゃないか。おやいって娘を救えるんなら、それが弥生ちゃんでも、『とんずら屋』でも」

そうかもしれない。

呆然と考えたが、口はひとりでに「でも」と言葉を紡いだ。

「『とんずら屋』が動いたのじゃ、政三さんの借財が嵩むばかりです」

「それこそ、そんな悠長な心配をしている間はないと思うけど」

勿体ぶった溜息をひとつ挟んで、進右衛門が声の調子におどけた色を混ぜ込んだ。

「あの女将が、いくら巧く取り繕ったといっても、自分から『とんずら屋』へ水を向けるような無茶をしたんだ。それだけで、随分姪っ子には甘いように映るよ。弥生ちゃんだって、こんなところで拗ねてるより、『とんずら屋』の弥吉になって動いた方が、よっぽどすっきりするだろう」

弥生は、言い返すのを諦めた。

「なんだか、馬鹿みたいだ」

むっつりと、ぼやく。

「私のことかい」

惚けた進右衛門の物言いは、憎らしいほど明るく、まるで昔から味方でいたかのように、柔らかい。

どうして、こんなにあっという間に馴染んでしまうのかしら。

憂さ晴らしに、「そうですよ」と返してから、弥生は声を改めて「若旦那」と呼んだ。

「うん」

「夜が明けたら、女将さんにお伝え願えやせんか。ようやく弥吉の頭が冷えた。とんずらの仕事を手伝いたいと言っている、と」

進右衛門は、少し黙ってから力なく呟いた。

「それを私に言伝しろって、一体どんな嫌がらせだい。女将の目を盗んで会いに来たのが、知れてしまうじゃないか」

弥生は、久し振りに晴れやかな心で笑い声を上げた。

四

明け六つの鐘と共に、お昌は弥生を納戸から出してくれた。ほっとした顔の啓治郎も側に控えている。

「ついといで。馬鹿野郎が、一晩掛けてようやく腹を決めたようでね」

ちらりと啓治郎に目で問うと、小さく頷き返してきた。

二階奥、前に源太が陣取る小さな客間へ、三人で向かう。

「女将でございます。お呼びと伺いました」

いつもと同じ、客に対する口の利き様、嫌味なほど慇懃な物言いだ。「かえって、おっかねえ」と、源太が震える声で呟いた。

「入って下さい」

すぐに中から、政三の声が促す。

政三は、寝ていないらしい眼をお昌に、次いで弥吉と啓治郎に向けた。

「腹を、決めました」

言いながら、政三の目は忙しなく泳いでいる。お昌が疑わしげに、「そりゃ、本当の話ですか」と訊き返した。

細かく、幾度も縦に首を振る仕草は、やはり浮足立っているようにしか見えない。

やれやれ、と息を吐いて、お昌が急かした。

「で、どう決めたのか、聞かせていただきましょうか」

政三の喉仏が、大きく上下に動く。

「と、『とんずら屋』に、頼むことにしました」

それだけ言う間に、声が二度ひっくり返った。

政三には、その手しか残されていない。お昌は「弥吉」を決して売らないし、借財を踏み倒して逃げた男が、役人を頼れるはずもない。

分かってはいたが、弥生は体の力が抜けるほどほっとした。

これで、おやいを助ける道筋が出来た。

ふん、とお昌が軽く鼻を鳴らす。

「とんずら料とやらの都合を、どう付けるおつもりです。やってることからして、安くはない料金なんでしょう」

ああ、また別れた御内儀さんか、そのご実家に泣きつくってぇ手もあるか。

聞いているこちらが居た堪れなくなるほどの、厳しい皮肉続きだ。けれど恐らく、お昌はただ政三を甚振っているのではない。

うろたえているようにしか見えない政三の、腹の据わり具合を確かめているのだ。

ちょっと未練がましい眼をしたものの、政三ははっきりと首を横へ振った。ようやく少し落ち着いたらしい。

「おちょうと親方に、これ以上厄介は掛けられやせん。まずは、娘を助けるのに幾ら要るのか、確かめやす。あとは、どんな高利貸しからでも構わねぇ。どうにか借金して」

「折角逃したのに、舞い戻っちまったお前さんの頼みを、はたしてそいつらが聞いてくれるかどうか」

更にお昌が、政三を追い詰めた。

「そ、そいつは」

政三がおどおどと辺りを見回した視線を、膝のすぐ先の畳の縁に落とす。

「土下座してでも、袋叩きに遭ったって、頼みを聞いてもらいやす」

どれだけ揺さぶっても、そのたびに怯えはしても、政三の決心は揺らがない。

ようやく、お昌が明るい声を上げた。

「ようござんす」

「女将、さん」

きょとんとした政三に、にっとお昌が笑って見せる。

「その金子、松波屋で肩代わりいたしましょう」

思ってもみなかった申し出に、政三だけでなく、弥生も啓治郎も、仰天した。すかさずお昌が言葉を添える。

「早合点するもんじゃありませんよ。その『とんずら屋』とやらが吹っ掛けてきた分だけ、お貸しすると申し上げてるんです」

何の罪もない子を救う手助けくらいは、させていただきますよ。勿論、手前どもは金貸しじゃございませんから、利息は結構。地道に働いて、少しずつ返してくださいな。

じわりと潤んだ目を誤魔化すように、政三が這い蹲った。

「恩に着ます。この通り」

湿った声で、幾度もそう繰り返す。うんざりしたお昌に促され、顔を上げた政三の額には、うっすらと畳の目の痕が付いていた。

繋ぎの取り方や手口、「とんずら屋」の詳しい話を「そういう約束になってるから」と、頑なに話そうとしない政三に、お昌はこう申し出た。

ならいつも遊んでいただいたような屋根船を出そう。どこか手頃なところで、他の舟に紛れて政三一人を下ろし、時を置いてまた拾う。

それならと、政三も承知した。

政三の動きを見張っていた草からの「すんなり運んだ」という報せを受けたお昌は、案外あの馬鹿男も律儀なところがあるもんだと、見直したようだった。

「『とんずら屋』への頼み」は滞りなく済んだものの、おやいの居所はなかなか知れなかった。

進右衛門が身内ゆえの「心当たり」を探ってくれていたが、そちらもまるで手がかりがない。

「済まないね、役立たずで」

お昌の帳場に出向いた啓治郎、弥生と顔を合わせるなり、進右衛門は詫びた。

茶化した言い振りとは裏腹に、顔つきは酷く悔しそうだ。

啓治郎は、険のある目はしているものの、とりあえずは信を置くことにしたのか、

「とんでもねぇ」と、静かに首を横へ振った。

照れくさそうに微笑んでから、進右衛門が笑みの色を不敵なものに変えた。

「おやいちゃんの居所は摑めなかったけど、少しばかり分かったことがあるんだ」

来栖家当主の弟——弥生の大叔父にして、弥生の父とその兄、本家の跡継ぎを葬ったかもしれない黒幕の命を受け、江戸で動いているのは、飛び切り腕利きの間者二名のみ。しかも呆れたことに、密かに弟側に寝返った来栖本家の家臣なのだそうだ。城代家老方や江戸屋敷に知られることなく、密かに事を済ませる。そのための策だろうと、進右衛門は読んでいた。

「道理で、とうしろう、それも飛び切り危なっかしい政三の馬鹿なんぞを巻き込んだ訳だ。余計な御家中を動かした分だけ、知れやすくなるってわけかい」

お昌が、このところすっかりお決まりになった、ここにいない政三への八つ当たりを交え、苦々しく吐き捨てた。

けどね、と妖しい笑みを口許に刷く。

「こりゃ、好都合だよ。どこぞの家臣でございってぇ、威張り腐った二本差しに大勢集まられちゃあ、こちとら所詮は町人だ、いかにも分が悪い。けど、腕利きだっていっても、たったの二人ならいくらだって遣りようがあるってもんだ」

涼しい顔で、お昌は嘯いた。

「今まで散々出し抜いてくれた礼を、たっぷりして差し上げようじゃないか」

闇

東に隅田川、南には、竹矢来が立てられ警固も置かれている浅草御蔵、西は御用地。三方を隔てられているせいで、闇の色も静けさも、三好町は他の町場より濃く澱みがちだ。

とろりとした新月闇が凝り、二人の男の姿をとった。

どちらも、昏い色の装束に身を包み、面を編み笠で隠している。

一人は小柄で小猿めいた体つき、今一人は厚い胸板が目を引く大男だ。

「あ奴、本当に姫君をお連れするのだろうな」

小男が、かさかさと囁いた。

大男の笑った息が、暗がりを震わせる。

「ご分家様の手に堕ちるまでは、『町人の小娘』として扱うのではなかったのか」

「お主の首尾が上々なら、既に堕ちたも同じだからな」

「まったく、その変わり身の早さには感心する」

「周りの風向きを読み、自らの道を変える。間諜心得のいろはだぞ」

平然と言ってのけた小男に向かって、大男は不服そうに鼻を鳴らしたのみで、口を噤んだ。責めるように、小男が訊く。

「なぜ、わざわざ別れた女房の実家へ付文をした。騒ぎを大きくしては、後々厄介になるではないか」

答えた大男の声音は、意地の悪いゆとりが滲んでいた。

「性根の据わらぬ建具職人を、此度こそ間違いなく動かすためよ」

小男が、「なるほど」と頷く。

「寄る辺を、取り上げたという訳か」

「頑固な舅を怒らせてしまえば、気の小さいあ奴のことだ、それでもなお縋ることはできまい。我等の言う通りにするしか、娘を助ける手はないと気付く」

「図体に似合わず、策士だな」

「来たぞ」

茶化した小男を、大男の低い声が遮った。

音のない闇が束の間、辺りに満ちる。

暫くして、微かな音が男たちの方へ近づいてきた。

微かな櫓の軋りと、水飛沫だ。

男たちが、表店の陰へ紛れた。

少しずつ大きく、確かになっていた音が、ふいに途切れた。

浅草御蔵を過ぎ、三好町に差しかかった辺りだ。

建具職人が娘を連れてくる手筈になっているこの辺りまでは、まだ遠い。

小男と大男が、顔を見合わせた。

水音が、勢いよく跳ねる。

乾いた木の擦（こす）れる音が、悶（もだ）えるように響く。

『あっしを、だましたんですかい』

男の物言いを装っているが、女だ。

『――ッ』

言い返した声は、水音と木の軋り――恐らく櫓を奪い合っているのだろう――にかき消され、辛うじて男と分かるのみで、何を言っているのか聞きとれない。

闇で待つ二人には、男の言葉を知る要はなかった。

どうせ、間抜けな建具職人が目論見（もくろみ）に勘付かれ、押し問答になっているのだ。

御蔵の役人に騒ぎを咎（とが）められては、厄介だ。

「行くぞ」

「おう」

ようやく、手筈通りの仕上げに取りかかれる。

一際大きな水音、闇の中でも大きく上がった水柱が見えた。

男たちは、音もなく目当てのものへ急いだ。

腹を見せている猪牙（ちょき）、舟に積まれていたのだろう、縄や竿（さお）がすぐ近くに浮いている。

だが、落ちた男と女は、見当たらない。

まさか、溺れたか。

ここまで来て、むざむざ死なせる訳にはいかない。

間者はさっと互いに目配せし、大男が川岸の常夜灯へ近寄った。

心許ない灯りを頼りに、闇夜に沈む隅田川の水へ目を凝らす。

少し川下で、水の音がした。はっとして視線をやると、誰かが岸へ上がろうとしているところだった。

あの女ではない。

大男が目配せするより早く、小猿めいた男が走った。

すぐに、大男の眼の前の水が盛り上がった。

ざぶん、と、顔が上がり、また鼻の上辺りまで沈む。

いた。

「大丈夫かッ」

大男は、たまたま通り掛かった風を装い、獲物へ手を伸ばした。

女が、必死にもがきながら、岸へ、大男へ泳いでくる。

あと一間、もう二尺。女の冷たい指が、男の掌に届いた。

捕えた。

微かに笑んだ男の手を握り返した手は、溺れかけていたとは思えないほど、静かな力強さに満ちていた。

五

陸で何かが動く気配に、弥生は気づいていた。猪牙めがけて、走ってくる。

櫓を奪い合っている相手と、闇の中で目が合った。

男が、舟縁に足を掛け、身体を思い切り預ける。

細長い猪牙は、容易く弥生の左へ傾き、そのままひっくり返った。

男と共に、川へ投げ出される。

冬の夜の川水は酷く冷たく、胃の腑と心の臓を一緒くたに握りつぶされるような心地がした。

半纏の袖や裾が水を孕んで、腕を少し動かすにも、酷く重い。

だが、それもこれも、船頭にとっては身近なものだ。

これより冷たい川に落ちたことは幾度もあるし、重い着物も、こつさえ摑めばむしろ水面へ浮き上がるのに巧く使える。

大丈夫。あの日の悪夢は、蘇ってこない。

無駄な力を抜き、落ちたはずみで一度沈んだ身体が、ゆっくりと浮き上がるのに任せる。

顔を水の上に出すと、思ったより陸に近い。常夜灯のぼんやりとした灯りに、大柄な男の姿が浮かんでいた。

弥生と共に猪牙に乗っていた男——政三を装った源太が、啓治郎に引き上げられているのを、目の端で捕える。ひと安心だ。

溺れる芝居は、少しばかり骨が折れた。

苦労の甲斐があったか、勝ち誇った眼の男は、隙だらけだ。

伸びた手に捕まる。川から引き上げようとする男の力を使って一気に陸に上がり、そのまま勢いを殺さず男の背後に回る。

驚いた男が弥生の手を離した刹那を狙い、今度は弥生が、男の手首を捕えて捻り上げる。こうなれば、肩を外すも、痛みで脅すも思いのまま、相手が大きかろうが手練れだろうが、弥生に分がある。

厚手の着物を着たまま泳ぐのと、同じことだ。小柄で非力な弥生が大柄な男と渡り合うには、相手の力を使うのがいい。侮った敵の隙を突き、風上に立ったらすかさず急所を押さえる。

「おいらが、溺れたと思ったかい」

男の歯ぎしりが、間近に聞こえた。

びしょぬれのままこちらへ駆け付けてくれた源太と二人、手早く縛り上げる。

「無事だったかい、弥吉」

「船頭に訊く台詞じゃねぇ」

源太の問いかけに、弥生は軽口で答えた。

うう、風邪ひきそうだ、とぼやく源太に笑いかけてから、啓治郎の方へ視線を投げる。

「梃子摺(てこず)ってるみてぇだ」

弥生の呟(つぶや)きに、源太の剽(ひょう)げた気配が変わった。

政三(げんた)を捕えようとして啓治郎と鉢合わせした方は、こちらの大男よりも手強(てごわ)いようだ。

二人とも、必ずとっ捕まえといで。

お昌に言いつけられるまでもない。一人でも逃せば、そいつにおやいの命が奪われてしまう。

小柄な男は、ちょこまかとすばしっこい動きで、俊敏な啓治郎の腕をかいくぐっている。

「こいつを頼む」

言いざま、弥生が走った。

だが水の中と違って、濡(ぬ)れた着物は、ちっとも動きの助けにならない。

小男が、こちらを見た。

無事な弥生と、捕えられた仲間をそれぞれ一瞥(いちべつ)する。

仲間を置き、弥生を諦(あきら)め、一人逃げる気だ。

男が、するりと啓治郎の脇をすり抜けた。

啓治郎が慌てて振り向く。伸ばした指が空を切った。

間に合わない。

弥生が歯がみした時、すぐ向こうの闇へ紛れようとした男の足が、止まった。

提灯だろうか、小さな灯りが小柄な男の先で揺れている。

白刃が、提灯と僅かな星明かりに煌めいた。

「お前を、逃すわけにはいかない」

啓治郎が、その声に眉を顰めた。

提灯を左手、抜き身の太刀を右手に、軽やかな佇まいで、進右衛門が男の行く手を遮っていた。

「若旦那」

啓治郎の傍らで呟いた弥生へ、進右衛門は情けない顔をして見せた。

「そうなんだよねぇ。いくら刀を持って凄んだって、『浮ついた若旦那』の形じゃあ恰好がつかない」

浅く軽い調子の物言いとは裏腹に、右手一本の構えからはまるで隙が窺えない。

ひょっとして、もの凄い使い手なんじゃないだろうか。

じっと見つめた弥生に照れた笑みを向けてから、促す。

「あっちとこっちに分かれてたんじゃ、不用心だし面倒だ。綺麗に罠に掛かってくれた獲物を一処に集めようか」

縛り上げて二人並べた間者を、進右衛門が若侍の顔つきで見下ろした。

ごく当たり前の流れで、この場を丈之進が仕切っている。

「さて。誘拐かした娘の居所を、教えてもらおうか」

ゆっくりと切り出した丈之進へ、小男が嘲りの笑みを投げつけた。大男は、この場は任せた、とばかりに口を噤み目を閉じて、微動だにしない。

「邪魔にしかならぬ童を、未だ生かしているとお思いか」

どくんと、弥生の心の臓が厭な音で跳ねた。

見ないふりをしていた恐れが、いきなり目の前に姿を現した。

だが、丈之進は狼狽えない。

「お主らは、間者だ」

ゆったりと、言葉を紡ぐ。それがどうした、という目で見返した小男に向けて、続けた。

「潜り込み、探り、策謀を巡らせるのは得手でも、人殺しはそう容易くあるまい」

「果たして、そうかな」

小男が、薄く笑った。

丈之進の眼が、鋭い光を帯びたように見えた。すぐに穏やかな眼差しに戻って、間者を見下ろす。

「早く娘の居所を告げた方が、お主らのためだぞ」

「既に、始末した」

「聞いていなかったのか。言葉遊びをしている暇なぞ、お主ら二人にはない」

何が、言いたい。

そんな風に見返した小男へ、丈之進はひやりとするような笑みを向けた。

「そろそろ、国許から急使が上屋敷へ着いている頃だ。『出奔者が二名、江戸に潜り込んでいる』とな」

間者たちの面から、血の気が引いた。上機嫌な丈之進の声音に、父親譲りだという「いざとなったら手段を選ばぬ」人の悪さが透けて見える。

「すぐに、江戸屋敷から追手が放たれる。何しろ城代家老直々の厳命だ。その隠れ処から、何の罪もない町人の娘が見つかったりしたら、どうなるか。さらに出奔者は御分家、南武来栖様、殿の弟君に寝返った裏切り者だと分かれば、さて、累はどこまで及ぶかな。最早、お主らが自害しても事は収まらないことだけは、確かだ」

「我等は、出奔なぞしておらぬ」

喚いた大男を、小男が「馬鹿が」と止めた。

「お主」

丈之進が、哀れむように大男を見る。

「我が親父殿の性悪振りを知らぬのか。あのご家老が『彼奴等が出奔した』と口に出した上は、お主らにそのつもりがあろうがなかろうが、とっくに『出奔者』にさせられているのだぞ。『南武様の間者』という証も、恐らく手にしているだろうな」

その証も、本物かどうか怪しいものだ。

弥生はこっそり考えた。

丈之進が、楽しげに間者を追いつめる。

「この上は、せめて『誘拐かしの咎』だけでも、闇に葬った方がよいのではなかろうか。

念を押しておくが、自害は得策ではないぞ。死人に口なしを喜ぶのは、親父殿のみではない。南武様も、ここぞとばかりにお主らにあらぬ罪を着せ、御自身の企みを誤魔化すだろう。そうなれば、お主らの身内がどんな目に遭うか」

お主らが主家の行く末を託した相手は、そういう御方だ。

止めの呟きに、間者が顔を見合わせた。思い当たる節がある、という顔だ。

川の水で体の芯まで冷え、歯の根が合わなくなりそうなのを堪え、弥生は切り出した。

「おやいちゃんの居所を、教えてください。今なら御家中にも町方にも知られず、『とんずら屋』が連れ出せます」

頼むから、教えてくれ。

取り縋り、拝みたくなるのを堪え、進右衛門を真似、間者を見下ろす。

小男の目許がふっと和んだ。

戸惑った弥生に向け、小男が淡々と口を開いた。

六

小男が告げた通りの町家に、おやいは捕えられていた。

あらかじめ、小男が弱みを握っておいた旗本の妾宅らしい。進右衛門の伝手では見つけられなかったのも無理はない。

夜明け前、おやいが眠っている間に源太が救い出し、迷子ということにして、目明しに義市とおちょうの待つ神田平永町へ送り届けてもらったそうだ。

その目明しが伝助だと聞き弥生は肝を冷やした。だが、おやいを母と祖父の許へちゃんと送り届けてくれたと知って胸を撫で下ろした。

捕えられていた妾宅では、おやいは大切に扱われていたらしい。母と祖父を恋しがって泣いていたものの、源太が見る限り、怖い思いをした様子はなかったことが、せめてもだった。

「で、弥吉。具合はどうだい」

弾んだ声で進右衛門に訊かれ、弥生は口をへの字に曲げた。溜息交じりに、進右衛門がぼやく。

「おやおや。折角色々知らせに来てあげたのに、あいかわらずつれないねぇ」

同じく川に落ちた源太はぴんぴんしているのに、船頭の自分がどうして寝込んでいるのか。しかも、弥吉の穴埋めで啓治郎が大忙しだと聞かされれば、申し訳ないやら、自分が腹立たしいやらで、愛想のいい顔なぞ、出来るはずがない。

　進右衛門の笑いを堪えている様子が、癪に障った。

「若旦那も、恐ろしいお人だ」

「何だって」

「優しい顔で、御家中のお方を脅しに掛かるんですから」

「御挨拶だね。それもこれも、みんな弥生ちゃんのためじゃないか」

　確かにそうなのだが、面と向かって言われると、礼や詫びがし辛い。

　まあ、いいかと、進右衛門が呟いた。

「憎まれ口が利けるんなら、心配ないってことだからね」

　弥生の床の傍らで、低く穏やかに語る進右衛門の声が心地いい。

　本当は、人が悪くも、浮ついてもいない。こんな風に穏やかに語る、穏やかな男なのではないか。

　信じていい人だと、すっかり確かになった訳ではないんだぞ。

　そんな心の声が、いつもより遠く聞こえるのは、きっと熱があるせいだ。

　弥生は、そう思うことにした。

市兵衛は、「草」からのごく短い文を、帳場の長火鉢へくべた。

お昌は、船宿仲間の会合で留守をしている。

白い煙が立ち上ったとみると、瞬きひとつの間に、橙色の光を放ちながら、縮れ、灰に馴染み、消えていった。後には、文の名残の小さな黒い欠片がぽつぽつと残るのみだ。

「やはり、弥生は動く、か」

そんな顔をしている、ほどの知らせであったが、「草」の見立てだ。間違いはないだろう。

こと姪に関して、見かけによらず心配性のお昌は気を揉むだろうが、少しすっきりさせるためにも、荒療治は要りそうだ。

未だ、各務次男坊の腹積もり――娘の弥生に惹かれているのか、主家である血筋ゆえの才を買おうというのか――が、見えてこないものの、今のところこちら側に付いてくれる気にはなっているらしい。

となれば、目論見がどこにあろうが、あの若侍はやはり睨んだ通り、使える。

「どれ、やりたいようにさせてみようか」

口に出して呟いた市兵衛に、ほう、と梟が返事をした。

第六話　高輪——木戸破（きどやぶり）

風邪は、丸一日大人しくしていたお陰で、すっかり抜けた。

仕事はもう一日休めというお昌と啓治郎に大人しく頷（うなず）き、言う通りに過ごした夜更け、弥生は静かに床を上げた。

身の回りの片付けは、昼間、奥向きから人の気配が失（う）せているうちに済ませた。

書き置きも残さない。

長年過ごした『松波屋』の中を、目に焼き付けることもしない。

未練が増すだけ、これからしようとしていることを、皆に気づかれるだけだ。

弥生は見えない何かに挑むつもりで、心中呟（つぶや）いた。

怯（おび）えたり、寂しがったりなんて、いつでもできる。

今は、他にやらなきゃいけないことがある。

遠出の身支度を整え、ゆっくり三つ、息を吸って吐き、叔父（おじ）叔母夫婦が寝ているはずの隣を隔てる襖（ふすま）へ一度だけ眼を遣（や）ってから、弥生は自分の部屋を出た。

一

灯りを持たない闇の中を、弥生は隠し納戸へ向かった。お昌に盾突いて入れられた、あの納戸だ。

裡の気配が静かなのを確かめ、閂に付いた小さな南京錠を開ける。今日、源太が夕飯を届けに中へ入った隙に、良く似た別の南京錠とすり替えておいた。無論、鍵は弥生が持っている。

素早く中へ滑り込む。

弥生がいた時は納戸の裡で灯りを灯せたが、捕えている敵にお昌が同じことを許すはずもなし。外から差し込む明かりだけでは、ぼんやりと人影が分かるのみだ。手足を縛られているようだが、どんな顔をしているのかは、見えない。

「何者だ」

納戸の奥から、荒んだ誰何が投げつけられた。

「私です」

弥生の声音、物言いで返事をする。

間者は、応えない。

「御不便は、ありませんか」

弥生の問いかけに、短い嘲笑が応じた。

縛められ、閉じ込められているのに、不便も何もあるまい。そう言いたいらしい。

ゆっくりと、弥生は切り出した。

「私の頼みを聞いて下さるなら、逃して差し上げましょう」

やはり、間者からの応えはない。だが確かに、奥の気配が乱れた。

「どうです」

促した弥生に、小男の声がようやく応えた。

「一体、何を考えている」

小男が問いを重ねる。

「御家老の企てを、阻むつもりか」

「お大名家とか城代家老様とか、私には関わりのないお話です。それより」

迷いなく答えると、息を呑む気配が先刻よりもはっきり伝わってきた。

「それより、なんだ」

大男の声が、訊ねた。

「政三さんの借財を、残ったままにはしておけない」

むう、と小男が唸る。

乾いた唇を軽く湿らせ、弥生は切り出した。

「それをどうにかしてくれたら、どこへなりともお供しましょう」

戸惑うような間が空いた。

「そうすれば、我等を、ここから逃してくれるというのだな」

小男の声が訊ねる。

「ええ」

「我等がお前を連れて行く先は、来栖のご本家ではない。それでも共に来ると」

「私の頼みを聞いて下さるのであれば」

「あの建具職人は、お前を敵方へ売ろうとしていた男だ。そんな奴の為に、身内を裏切るつもりか」

弥生は、ほろ苦く笑った。

「政三さんをそこまで追い詰めたのは、あなた方と私です」

おやいに、父親を返してやりたかった。これが、あんないい娘を巻きこんでしまったことへの、せめてもの罪滅ぼしだ。政三も、ぎりぎりのところで思いとどまってくれた。それで充分だ。恨まなければいけないことなぞ、何もない。

「今日まで、お前を庇い匿ってきた船宿の者たち、父君と袂を分かってまでお前を助けようとした丈之進殿。皆怒り、悲しむだろうな」

お昌と啓治郎の怒りよう、進右衛門の哀しそうな顔を思い浮かべ、弥生の口許は綻んだ。

「でしょうね」

「なぜ、笑う」

声に混じった笑みを訊き咎めたか、大男が苛立った声を上げた。

「さあ。なぜでしょうか」

何か言い返しかけた息の音に先んじて、低く告げる。

「私の心裡を斟酌する暇は、ないのではありませんか。後がないのは、あなた方だ」

くっと、小男が喉で笑う。

「小娘の癖に、腹が据わっている。やはり父御の血を色濃く引いたか」

仲間、弥生、どちらに向けたか定かではない呟きに、厭な色合いは混じっていなかった。

「父を、知っているんですか」

思わず投げてしまった問いに、答えはなかった。小男が仲間に伝える。

「姫君は、敵陣に単身乗り込まれるおつもりなのだ。御自身で決着をつけ、船宿と母御、御身内を救おうというのよ」

馬鹿な。

呆れた大男の呟きと、小男の低い笑いが重なる。

「某の衿を、探ってみられよ」

小男が、楽しげに弥生を促した。いきなり改まった物言いが、居心地悪い。

「おい」

止めた大男を、「いいから、任せておけ」と小男が宥める。

迷ったが、弥生は小男へ近づいた。啓治郎にもお昌にも、そして進右衛門にも気づかれないうちに、松波屋を出なければならない。時を無駄に使ってはいられないのだ。用心しながら、小男の衿元へ手を伸ばす。かさり、と、布越しの硬い手触りに行き当たる。向かって右の内側に、小さな隠しが拵えてあった。

中から出てきたのは、紙だ。

「これは」

「借財の証文にござる」

今度は、弥生が驚かされる番だった。

「肩代わりされたのですか」

ふん、と皮肉な音で小男が鼻を鳴らした。

「建具職人を助けてやったのではござらぬ。取り立てが策の妨げになるのを嫌ったまで」

一度怖気づいてしくじった政三を縛る枷は、多い方が良い。そう踏んで身に付けていたと、小男は言い添えた。

大男は小男と違って、まだ割り切れずにいるようだ。棘の見える物言いで、弥生に挑む。

「信が置けぬというなら、明るいところで確かめてくれれば良い。我等は動けぬ」

弥生は手早く証文を帯に挟んで、まずは小男の縄を解(ほど)きにかかった。

次いで、大男だ。小男は静かにしていたが、大男は縛めが解かれた途端、弥生に襲い掛かった。

三好町での仕返しとばかりに、ぐい、と腕を捻(ひね)り上げる。

弥生は、抗(あらが)わなかった。

抗えば抗うほど腕が痛むのも、縄を解けばこうなるかもしれないということも、分かっていた。穏やかに告げる。

「縛り上げるなり、樽(たる)に詰めるなり、どうぞお好きに。政三さんの借財さえすっきりしたのなら、後はあなた方の御主君にお会いできれば、いいのですから。ただ、私をただの荷物として扱うのと、松波屋(ここ)から出る手引きをさせるのと、どちらが得策かよく考えられた方が、いいとは思いますが」

小さな間の後、弥生を捕えていた男の手が、ふっと緩んだ。

軽く肩を回してほぐし、弥生は間者二人に闇の中、笑って見せた。

「御府内を出る御手伝いもいたしましょう。『とんずら屋』の手並み、ご覧に入れます」

二

猪牙(ちょき)を使って一気に江戸湊(みなと)まで出た方がいいという間者たち——話しづらいから名を

教えてくれと頼んだが、「素性を明かす間者はいない」と、断られた――を、弥生は止めた。

船頭同士の繋がりを、侮るものではない。

「松波屋の弥吉」が、どんな男を乗せ、どちらへ行ったか、瞬く間にお昌の耳に入るだろう。

徒歩で、品川宿へ向かう。そこから先は間者たちの持ち分だ。手抜かりはないと無造作に言い切ったあたりが、自信の程を窺わせる。

進右衛門の言う通り、この二人、飛び切りの腕利きらしい。

夜明けまでかなりある所為か、松波屋はどこも寝静まった気配で、思いのほかあっさり抜けだすことが出来た。

厄介だったのは、そこからだ。

上之橋、永代橋、行く先々に追手の姿がある。大男の話では、来栖本家上屋敷の連中らしい。

陸路を品川宿へ向けて行くには、隅田川の向こう岸へ渡らなければ始まらない。

仕方なく、上之橋と永代橋の間、今川町で舫ってある荷足り舟を失敬し、間者二人を莚で隠してそっと向こう岸へ渡ることにした。

提灯もない。月明かりもない。

頭の中に染みついている隅田川の景色と、船頭としての勘だけを頼りに、闇の中を漕ぐ。

なるべく水音を立てず、周りの気配を読みながら。

向こう岸の常夜灯がぼんやりと見えた時には、心の底からほっとした。

申し訳ない。

そっと手を合わせ、荷足り舟を川へ流す。

どこから陸へ上がったのか分からなくするためには、やむを得ない。今日は川下からの風が強い。海まで舟が流されることは、ないだろう。

隅田川の西へ入ってからも、追手の気配は消えることがなかった。

武家屋敷を抜け、町家の間を縫い、なかなか進まない道のりに、苛立ちが募る。

日本橋、京橋を避け、手前の稲荷橋を渡って、八丁堀へ紛れこむ。妙な追手の気配がある時には、奉行所の役人が住まう組屋敷のある町は、かえって好都合だ。

寝静まった木挽町を抜け、汐留橋を渡る頃には、東の空が薄らと明け始めた。江戸の町が動き出す。それなら、少し遠回りになるが、町中へ入り込んで人の中に紛れるのがいい。

古着屋が開くのを待って、「上方からやってきた、物見遊山の商人と連れの奉公人二人」に扮したままでは良かったが、そこから先が思うようにいかない。

少しずつ江戸湊の方へ追いやられているのが、肌で感じられる。

見物を装い、増上寺の南東に掛かる金杉橋を渡りながら、小男が低く吐き捨てた。

「各務の青二才め。姑息な真似をしおって」

各務丈之進、進右衛門のことだ。自分たちが来栖本家から出奔者として追われているのは城代家老の命に因っている。だが、策を練ったのは息子の丈之進だ。間者はそう考えているらしい。

いずれにせよ庇護を求める先は、最早南武方よりない。それとて、来栖本家に今この時、堂々と歯向かってまで「出奔者」を庇護する愚は、犯すまい。

それは、先の世継ぎの忘れ形見、弥生を手中に収めてからの話だ。

大男が、忙しなく切り出した。

「いっそ、そ知らぬ振りをして彼奴等の脇を通り過ぎてみてはどうだ。案外、あっさり運ぶかもしれん」

「万一咎められたらどうする。男姿の女連れでは、言い訳できんぞ」

小男は、にべもない。大男は低く唸ったきり黙ったが、弥生は引っ掛かっていた。

この二人を「とんずら屋」が捕えてから既に三日だ。あの進右衛門が、罠に使った追手を「出奔者」のままにしておくだろうか。

それにもうひとつ。弥生は、男言葉で連れの二人に話しかけた。

「どうして、金杉橋は渡れたんでござぇやしょう」

間者ふたりが目を見交わした。

「それは、江戸湊へ我等を追い込む為であろう」

だから、どうして。

言いかけて、思い直す。

返事は分かっていた。

——そうすれば捕え易いからに、決まっている。

弥生が誰かに問われても、恐らくそう答える。現に弥生自身、捕えられないよう、何とか海から離れ、町中に紛れられないかと、四苦八苦しているところだ。

けれど、どうにも収まりの悪さが抜けない。

江戸湊へ追いつめられているというよりは、そちらへ促されているような気がしてならない。

どう違うのかと訊かれれば、はっきりとは分からない。捕えることに重きを置くなら、追いつめて逃げ場を失くさせようが、罠を張った先へ促そうが、同じだ。

誰が誰を捕えようというのだろう。

ふと、埒もない問いが、ぷかりと浮かび上がった。

問者二人を捕えるにしては、少しばかり物々し過ぎはしないか。

確かに、「出奔者を捕える」という大義名分があれば、公儀に何か問われても、言い訳は利きやすい。

だが、来栖家は御家騒動を抱えている。朱引きの内で事を起こすのは、いかにもまずい。

弥生は唇を噛んだ。

自分なら、間者が御府内から出るのを待って、追手を動かす。

なんだか、虫の知らせがする。

それを弥生が連れの二人に告げることは、なかった。

この男たちは、味方でも身内でもない。はっきりとした形にならない勘を伝えるには、隔たりがあり過ぎた。

そして、弥生の「虫の知らせ」は、品川宿手前で、弥生の怖れたよりも更に尖った形で、はっきりとした現を纏い、姿を見せることになった。

三

なぜ、ここまですんなり辿りつけたのだろう。

品川の大木戸手前四町と半、知福寺に一夜の宿を得てからも、弥生の頭からは、「なぜ」が離れなかった。

気の許せない相手との旅だ。夜が更けても誰一人床に就くことなく、それぞれが部屋の隅に蹲って、じっと朝が来るのを待つ。

「お主、船宿の身内に未練はないのか」

大男が、ぼそりと弥生に問い掛けた。三人で旅をする役どころを決めてから、小男も改まった物言いをすることはなくなっている。

「永の別れになる。そう覚悟はしておるのだろう」

弥生は、静かに首を横へ振った。部屋の隅に灯が灯(とも)っている。それくらいの動きは伝わるだろう。

「どこへ行こうと、松波屋の皆があっしの身内ってのは、変わりやせんから」

一人でも政三を逃す。そう決めていたあの時と、やっていることは同じでも、心のありようはまるで違う。

大切な身内を守る為に。たとえ離れ離れになって二度と会えなくても、心は共にある為に。自分は自分のすべきことを、するだけだ。

ふっと、穏やかに笑う気配が伝わってきた。小男のものだ。

「本当に、父御によう似ておられる」

「父に」

繰り返した弥生に、再び小男が笑いで応(こた)えた。

「『たとえ、某(それがし)をどうお呼びになろうと、貴方(あなた)様が某の父上であることに、変わりはありません』。ご養父であった御用人様に彦四郎様が訴えておいでなのを、幾度か耳にした」

弥生の胸の裡(うち)で、見たこともない父の面影が凝(こご)り、またぼんやりと揺らいだ。

「父、いえ、彦四郎様は、どんなお方だったんですかい」

弥吉の物言いが、これほどもどかしかったことはない。父の人となりを、弥生は弥生として知りたかったのに。

小男は、さあ、と素っ気なく往なした。

「御側に仕えた訳ではないから、知らぬ」

だが、と遠い声で続ける。

「もし、あの御方がご本家の世継ぎとして今も殿のお側にあったら、我等の忠義は変わらず、ご本家にあったであろう」

「喋りすぎだ。お主らしくないぞ」

大男が厳しく仲間を戒める。だが小男はどこ吹く風だ。

「いいではないか。これからは我等の旗頭となって下さる御方だ」

小男の言葉には、嘲りも揶揄もない。微かな哀れみと、遠い懐かしさだけが、淡々とした物言いに混じっている。かえってそれが、弥生の胃の腑を重くもたれさせた。

「旦那が彦四郎様の裡に見たものを、娘に託すと。そのためにお国許へ連れていくおつもりだと、おっしゃる」

くっと、小男が喉で笑った。小男の生業を思い起こさせる、酷薄な笑いだった。

「来栖の御家騒動に首を突っ込むつもりはない、とでも言いたそうだが。さて、そう巧く運ぶだろうか。小国と言えど、小娘の思惑が通るほど、政は容易くも情篤くもない」

やはり心の芯では、この男にとって自分は「小娘」なのだ。

ならば、期待に添えないとか、味方は出来ないとか、余計な申し訳なさを感じる要もないということだ。

むしろすっきりした気分で、弥生は考えた。

そう言われて、怯え、しおらしくなる、苦労知らずの娘のような育ち方は、自分はしていないのだ。


夜明けと共に寺を出た三人は、大木戸の少し手前で足を止めた。

「厭な気配がする」

大男が呟く。大木戸近くまで様子を見に行った小男が、厳しい面持ちですぐに戻ってきた。

「女改めをやっているぞ」

「高輪の大木戸で、か」

大男が、腑に落ちない様子で訊く。

「表だってはいないが、間違いない。江戸から国へ戻ろうとしている武家女を密かに捕えよと、達しがでているようだ」

「ご本家が動いたのでは、ないのだな」

「詳しくは分からぬが、南海道か九州か、そちらの国という話らしい」

ざらりとした怖気が、項を撫でた。

来栖本家が表だって動いていないからといって、関わっていないとまで、言い切れるのか。

弥生の危惧を余所に、間者たちは面を引き締め直したものの、それほど大事と捉えてはいないようだ。元々品川宿から先の手筈は、幾通りか整えてあるのだろう。

「改め女の眼力は、侮れないぞ」

「では、大木戸は通らぬ方が良いな」

「どちらをゆく」

「そうさな」

女改め、大木戸。そうか。

早口の遣り取りを、弥生は「これだったんだ」と遮った。

二対の眼が、こちらを向いた。弥吉の物言いで、手早く伝える。

「江戸湊に追い込まれてたんじゃねぇ。促されてたんですよ、大木戸に」

城代家老は、侮れない。その一端を、息子である丈之進が間者を追いつめる手際で、弥生は垣間見ていた。

これは、丈之進の父が自分を捕らえるべく打った策だ。

きゅっと、小男が眦を吊り上げた。

「ならばなおのこと、大木戸へ近づく訳にはいかぬな。我等を狙い澄まして、女改めを仕掛けてくるに違いない」

ともかく、大木戸から遠ざからなければ。

「こっちだ」

弥生は二人を促した。先んじて踵を返す。こうなっては、舟を使うしかない。三田八幡宮まで戻って、遊山客に紛れ、舟を出す。荷足り舟でも漁船でもいい。

城代家老方から逃れるのが先決、「とんずら屋」の仲間を振り切れるかどうかは、やってみてのことだ。

往来を逸れ、町家へ紛れ込む。

瞬く間に、追手の気配が近づいてきた。

「拙いぞ」

「ああ。見つかった」

短い遣り取りの後、小男が「おい」と弥生に声を掛けた。

「海へ出れば振り切れるか」

「誰に、訊いておいでですかい」

弥生は、小男を見ずに応じた。

「分かった」

小男の声に、楽しげな音が混じる。

裏道へ入り、長屋を抜け、八幡宮へ向かっていることを誤魔化しながら、逃げる。

あと、少し。

八幡宮の前から、大名屋敷に沿って東へ折れる。

浜だ。

失敬できるような手頃な舟は、ないか。

弥生の気が、追っ手から逸れた刹那。

高く鳴った風が、弥生の右耳の脇を駆け抜けた。

矢が放たれた。

気付くまで、息ひとつ分掛かった。

振り返った先にあったのは、自分めがけてまっしぐらに飛んでくる、幾本もの矢。

眉間を、狙っている。

痺れた頭で考えた弥生の目の前を、横から飛び出した大きな影が遮った。

厚い胸板に抱え込まれる。

どうして、啓治郎がここに。

考えている間に、身体が宙に浮いた。

弧を描き、波打ち際へ落ちる。

二人のすぐ側を、矢が通り過ぎていく。

潮の香りを押しのけて鼻を突く、血の臭い。

啓治郎が、呻きを呑みこむ気配。

身体が砂浜に打ちつけられる痛みは、覚悟していたよりも柔らかかった。啓治郎が、庇ってくれたのだ。

「ば、かやろう」

何かを堪えているような囁き。それまで、酷くゆっくりと流れていた弥生の周りの時が、急に元の速さを取り戻した。

摑んでいた啓治郎の左肘の辺りが、温かいものでぬるりと湿る。

音を立てて、血の気が引いた。

「啓治、けいじッ」

もがく弥生を、強い腕が押し止める。

一体、何が起きているのか、胸の中に仕舞い込まれている恰好では、まるで分からない。

「怪我は」

啓治は、苦しそうな声だ。

「おいらより、啓治が――」

「けがはッ」

切羽詰まった問いには、四の五の言うことを許さない力がこもっている。

「おいらは、大丈夫」

そうか。

心底ほっとしたように、啓治郎が呟く。

腕の力が、緩んだ。

もがき出た弥生が初めに目にしたのは、矢羽。

啓治郎の左肩に、背から刺さった矢のものだ。

「啓治っ」

「大したことはない」

啓治郎は、早口で囁きながら弥生をまず背に庇う。何かあった時の啓治郎の、半ば癖になっている動きだ。

それから無造作に右手を左肩の後ろに回し、右の掌で握るようにして、矢を折った。

ぼきり、と鈍い音がした刹那、微かに啓治郎が頬を歪めた。

「おい、啓治ッ」

名を呼ぶしか出来ない自分が、情けなかった。

「邪魔だから、折っただけだ。抜かなきゃ大して血も出ねぇ」

それより、お前ぇはじっとしてろよ。

言い置いて、啓治郎はひたと前を睨み据えた。

「八幡様のお膝元、高輪の大木戸近くで、穏やかじゃあございやせんね。うちの船頭にどんな御用でござぇやしょう」

啓治郎と弥生の目の前には、羽織袴姿に笠を被った侍が六人。二人は弓に矢を番え、こちらに狙いを定めている。弥生と共にここまで来た間者二人は、既に捕えられている。

見張りは抜刀した一人。残る三人の手は、腰の柄だ。

「大人しく大木戸の女改めに掛かってくれれば、面倒がなかったものを。その娘をこちらへ渡して貰おう」

啓治郎と睨み合っている、真ん中の侍が告げた。平坦で乾いた物言いだ。

「身内を殺されると分かってて、はいそうですかってぇあっさり言うことを聞く奴なんざ、いやせんよ」

言い返した啓治郎も、風のない日の川面のように平らかな口振りだ。侍と啓治郎、どちらも、刃を抜く間合いを計っているような、張り詰めた気配を孕んでいる。

そこまで察して、ようやく弥生は気づいた。

放たれた矢の先にいたのは。この殺気が向けられている先は。

啓治郎がゆったりと言葉を重ねた。

「大木戸のお役人様にゃあ、失礼ながら見えねぇ。ってこたあ、お武家さん方は、どっちのご家中でごぜぇやすか。来栖様ご本家か、それとも南武様のご配下ですか」

「御本家の家臣、我等の同輩よ」

いち早く、捕えられていた小男が声を上げた。

黙れ。低い叫びと共に、見張りの侍に鳩尾を蹴られ、蹲る。

もう一人の間者、大男の双眸が燃えた。大波が砕ける時のような声で、小男の言を引き取る。

「もっとも、探り、策を巡らせるのみの我等と違い、殺しも厭わぬ物騒な者共だがな」

「おのれ」

「刃をもって黙らせるというなら、やってみればいい。お主ら城代家老様の配下に捕えられたからには、我等の行く末は既に決まったも同じ。ここで死のうが国で死のうが、大して変わらぬ」

束の間、全ての景色が弥生から遠ざかった。

父の実家であるはずの来栖本家から。ようやく心から信じることが出来た進右衛門の、父から。

自分は、命を狙われている。

頭では、分かっているつもりだった。

進右衛門は、父の城代家老と袂を分かった。

敵方の手に堕ちるようなら、始末せよ。

城代家老が、進右衛門の語る通りの人物なら、それくらいの命は迷いなく下すだろう。

だが、気持ちは駄々を捏ねている。

自分の身内は、松岡の母と松波屋、「とんずら屋」の身内だけ。

来栖家なぞ、知らない。自分とは関わりない。

そう割りきっていたはずの心が、寂しさと悲しみに軋んでいる。

弥生を打ち据えたのは、それだけではない。

自分は、お偉いお殿様の血を引いている。

そのお殿様の家来に、刃を向けられるはずがない。

知らないうちに、心の隅に甘えが巣食っていたことを、思い知らされた。思い上がりから出た無茶が、啓治郎に大怪我を負わせた。

自分に腹が立って、どうしようもなかった。

憤りのまま、啓治郎の背中から出る。

「おい――」

啓治郎が弥生へ左手を伸ばしかけ、小さく息を詰める。

許さない。啓治郎をこんなめに遭わせた連中も、その切っ掛けを作った自分も。

自分の眉間を狙っている矢じりを、弥生はぐいと睨みつけた。

「一体、誰のどんな許しがあって、こんな真似をしておいでですか」

なぜ、そんな言葉が滑り出たのか、良く分からない。

啓治郎を除いた者全てが、気を呑まれたように弥生を見返した。矢の指す先が、微かに揺れたのが分かる。

まるで、主君に対しているみたいだ。

その気配を振り払いたくて、弥生は強い調子で言葉を重ねた。

「あっしは、ただの船頭でごぜぇやす。ですがね。その取るに足らねぇ船頭だって、赤の他人から大層な荷物ひっ被せられたり、神輿みてぇに担ぎあげられたり、邪魔になったからってあっさり片付けられたり。好き勝手される筋合いはありやせん。ましてや、大ぇ事な相方を傷つけられる謂れなんざ、金輪際ありゃしねぇ。お武家様の無礼討ちだって、ちゃんとした訳がなきゃあ、許されねぇんじゃございやせんか。第一ここは、戦場じゃねぇ。どんなお偉い御方がお武家さん方に、人に向けて矢を放っていいってぇお許しになったんです」

誰も、弥生に言い返さない。

ひょっとして、このまま引いてくれはしないか。

啓治郎の傷の具合も、気になる。

ほんの少し気が逸れ、緩んでしまったのを、見透かされた。

弥生を渡せと言った真ん中の侍が、何かを振り払うようにして口を開いた。

「問答無用」

縛めから解き放たれたように、侍たちが抜刀し、一斉に動いた。矢を番えていた侍も、刀に持ち替えている。

間者の見張りを残し、啓治郎と弥生を取り囲もうと浜に散る。

こちらの騒ぎを遠巻きに眺めていた漁師たちが、慌てて駆けだした。

役人でも連れてきてくれれば、しめたものだ。

それまで、どうにか二人で堪えることが出来れば、まだ光は見いだせる。

背に出来るものは、ない。

弥生は素手で、啓治郎は手負いだ。互いを庇って戦うだけのゆとりはない。啓治郎も、考えていたことは同じだったらしい。示し合わせたような動きで、互いの背中に背中を向ける。

「また盾になんかなったら、ぶん殴るぞ」

刺さったままの矢に気をつけながら、肩越しに低く告げる。啓治郎の小さな笑いが、伝わってきた。

「分かってる」

珍しく、素直な返事だな。

茶化す前に、啓治郎が動いた。目論見は分かっている。弥生も長年の相方と息を合わせ、波打ち際へ走った。

これで、海側へ回り込もうとする奴等の動きは、鈍らせることができる。

侍たちの草鞋の下で、湿った砂が鳴った。

弥生めがけて真っ先に襲いかかった男の腕を、啓治郎が捕えた。左手一本で、飛び込んできた勢いを殺さず、海の中へ投げる。

白い水飛沫が上がった。

顔に塩辛い海の水が掛かる。

したたかに背中を打ちつけ、動けなくなっている侍から、弥生は手早く脇差を取り上げた。

「弥吉ッ」

啓治郎が低く叫んだ。

刃が、自分の頭めがけて振り下ろされる。

体が、勝手に動くに任せた。

額まで五寸のところで、脇差で太刀を受け止め、脇へ流す。

踏鞴を踏み、がら空きになった侍の盆の窪へ、啓治郎の肘が入った。

敵の動きが、止まった。

こちらもなかなか手強いと、悟ったらしい。

弥生たちも、相手の隙を突くことが難しくなった。

ここからが、踏ん張りどころだ。

掌に滲んだ汗で滑る脇差を、弥生はそっと握り直した。

自分の息が、荒い。啓治郎も、肩で息をしている。血の臭いが濃くなっているような気がする。

役人の来る気配は、まだない。

侍たちが、にやりと笑った。

「俺が、引きつける。お前は逃げろ」

そんなこと、言わないで。

啓治郎の囁きに、弥生は叫びそうになった。慌てて堪え、ぶっきらぼうに返す。

「ぶん殴るって言わなかったか」

「殴ってもいい。お前は逃げるんだ」

「だめだ」

「言い合いしてる暇はねぇ」

止めようとした弥生を振り切り、啓治郎が駆けだした。

伸ばした指は、啓治郎に届かない。

誰か。誰か、啓治郎さんを止めて。おねがい、助けて——。

風が鳴った。

侍と、啓治郎の足が、一時に止まった。

それぞれの爪先には、柔らかい砂に深く埋まった小柄。

夢中で、小柄の飛んできた先を探す。

思いもしなかった男が、軽やかに駆けてきた。腰ではしょった小袖に藍の股引姿、手には房なしの十手が光っている。

目明かしの、伝助だ。

伝助は、弥生と啓治郎には目もくれず、侍たちの方へ駆け寄る。

助け手では、なかった。

もう、だめだ。

「旦那方、ちょいとばっかりお待ちを」

伝助が、落ち着き払った仕草で侍に薬入れを差し出した。それを認めた侍の顔色が、変わった。

弥生は、足止めを食らったままの恰好で立ちつくしている啓治郎にそっと駆け寄った。

「何が、起きたんだ」

小さく訊くと、啓治郎は首を振った。

「俺にも、分からねぇ」

伝助が、ゆっくりと自分が来た方角へ首を巡らせる。口許が、悪戯な形に綻んだ。

伝助の視線の先にいたのは、進右衛門だ。

「やれやれ、間に合った」

息を切らし、伝助の方へ近づきながらのんびりとぼやく。

言葉を失っていた弥生を見、進右衛門は、ほっとしたように笑った。次いで啓治郎の姿に、厳しい面になったものの、すぐにおどけた笑みを作る。

「弥吉、怪我はなさそうだね。啓治郎は、洒落たものを肩から生やしてるけど」

「余計な御世話ですよ、若旦那」

啓治郎の力強い憎まれ口に、進右衛門がほっとしたように頷いた。

「遅いじゃあございやせんか、若旦那」

伝助が、飛び切り明るい声で進右衛門に話しかける。

「そう言いなさんな。私は伝助親分ほど韋駄天（いだてん）じゃないのでね。だから私の薬入れを預けて、先に行ってもらったのじゃないか」

「若旦那が、一体どうして。親分とは」

ほとんど意味をなさない弥生の呟（つぶや）きに、進右衛門は微苦笑を投げてよこした。

すぐに面を引き締め、武家の顔で侍たちに対する。

「各務の若様が、一体何の御用でござりまするか」

「我等（われら）は、御父君の——」

言いかけた侍を、他の侍が「おい」と、止める。

皮肉な笑みで、進右衛門が続きを引き取った。

「父の命で動いているから、邪魔をするな。そう申したいのだろう」

答えないことが、「是」の答えだ。だが進右衛門は、まるで動じない。

「それが少しばかり、風向きが変わってね。父に従っているというなら、なおさらここで矛を収めておいた方が、身のためだと思うが」

厄介な奴が出てきた。そんな顔で何か言いかけた侍の唇が、続けた進右衛門の言葉で、滑稽（こっけい）な形に固まった。

「お発（はつ）の方様が、ようやく動かれた」

侍たちばかりか、間者までが一人残らず色を失った。

面白くもなさそうに、進右衛門が笑う。

「皆、頭の巡りが良くて助かる」

城代家老の息子は、鋭い眼光を侍たちひとりひとりに、向けた。

「若君の後見には、大崎様が立たれる。殿が御家中でもっとも信を置いておられる方なのは、承知しているだろう。亡き彦四郎様のご養父であられた御方だ。大崎様が表向きに戻ってこられた。つまりは、様々なことをいつでも殿の御耳に入れられるということ。そうだな。例えば、彦四郎様の忘れ形見のあれこれや、誰がどうやって姫君を隠し、陥れ、また命を狙ったのか。あるいは、殿の臣であるはずのお主らが、殿の御命を軽んじ、城代家老如きに従ったのか」

「御言葉ですが」

掠れた声で、一人の侍が言い返した。

「父君に向かってそのような言い様、御無礼が過ぎませぬか」

「主筋の御方を闇に葬ろうとする不届き者に、無礼呼ばわりされたくはないぞ」

「我等は、殿の御命を軽んじた訳ではございませぬ」

そうかな。

ことさらのんびりと、進右衛門は嘯く。

にっこりと、女なら誰もが見惚れるような微笑みで、進右衛門は侍たちの喉元に目に見えない刃を突きつけた。

「殿から『出奔者の探索は取りやめよ』と、早馬の命が届いたのを、知らぬのか」

　はっとして、侍たちが目を見交わす。誰も聞いていない、そんな顔つきだ。進右衛門が、呆れたように肩を竦めた。

「勝手に動き回っておるから、何より大切な御命が伝わらぬのだ」

　弥生は、侍たちの奥歯を軋らせる音を、聞いた気がした。

「全ては、貴方様の謀か」

「さて。何の話か」

「殿の御命と偽って上屋敷を動かしたこと、決して軽い罪ではござらぬ」

　進右衛門の唇から、白い歯が零れた。

「では、殿の御前で試してみるか。大崎様に付いた俺の言い分と、城代家老に従い散々下らぬ策を弄してきた、お主ら。どちらを殿がお信じになるか」

　長く重い静寂を、穏やかな波の音が埋めている。

「今一度、言う。ここは、引け」

　侍たちが、刀を鞘に収めた。鈍い鉄の音が、心なしか悔しげに響く。

　間者二人も縄を解かれ、立ち上がった。

　凛とした声音で、進右衛門は告げた。

「それぞれの真の主に伝えよ。二度と再び、彦四郎様の忘れ形見に近づかぬよう。この約定をお守りいただければ、大崎様も俺も、此度の事は忘れよう」

　これは進右衛門が仕掛けた、駆け引きだ。今、城代家老——自分の父と南武来栖を本気で追いつめれば、どういう反撃に出るか分からない。きっと、まだ大崎という用人の足許も固まっていない。今は矛を収めさせるのみに留めておくのが、上策だ。

じりじりとした睨み合いの後、侍たちは、一人、また一人と、踵を返した。

弥生が気を抜きかけた時、小男の間者が足を止めた。首だけを巡らせ、こちらを見る。

「覚えておかれよ。国許や今の御身内、御身の周りがどう動こうと、言葉のみで我等を縛りつけた先刻の貴女様が、本来の御姿でござる。人に命じ、人を治める力を持った御姿、御言葉。それが、貴女様の持つ御血筋というもの」

少し考えてから、弥生は娘言葉で応じた。

「もし、私の言葉や姿が何かの力を持っているのだとしたら、それは、今まで私を支えてくれた身内や仲間から貰った力、船頭として培ってきた力です。会ったこともない父や祖父から受け継いだものなんかじゃない」

小男は凪いだ笑みを見せ、弥生に向かって深々と頭を下げた。

あの間者とは、とうとう互いの言い分がすれ違ったままだった。

弥生は微かな胸のざわめきに気付かない振りをして、間者の小さな背中を見送った。

四

松波屋へ戻ると、いの一番に迎えてくれたのは、お昌だった。

どれだけ叱られるかと、弥生は戦々恐々としていたが、黙って抱きしめられただけだった。

女傑と噂されるお昌の目に光るものを見たのは、初めてだ。

それはどんな叱責よりも重く、優しく、弥生の胸を締めつけた。

お咎めなしだった弥生に代わって、こってり絞られたのは手負いの啓治郎だった。

——いざという時、早々に手傷を負うなんざ、情けない。若旦那と親分が追いつくのがもう少し遅かったら、どうなっていたか。

側にいた源太が本気でべそをかいたほど、恐ろしげな形相で、お昌は怪我人を容赦なく叱りつけた。

弥生が何か目論んでいる。

おやいを無事救い出して、皆の気が少しだけ緩んでいる中、察したのは啓治郎だった。

その後、お昌の指図に従って弥生と間者二人の後を密かに追った。裏で糸を引いていた奴等が尻尾を出すまで弥生の好きにさせろと啓治郎に命じたのも、お昌なのだそうだ。

なのにこれでは、まるっきり八つ当たりだ。

啓治郎が少し気の毒だったが、弥生は口出しせずにいた。

ここで、一気にかたをつける。

敵に一杯食わされたと悟った時、お昌はそう言った。

そのためには、敵の後ろ足なりと、尻尾なりと、しっかり捕えなければならない。

弥生は自分自身を餌にした。お昌は動き出してしまった弥生を使うしかないと、腹を括った。

弥生とお昌の考えが、綺麗に重なった刹那だった。

けれど自分が動く分だけ、弥生の方が気は楽だったはずだ。

ただ待つしかできないお昌は、どれほど気を揉んだだろう。

そう考えると、八つ当たりくらいは思う存分して貰わないと、申し訳ない。

「矢が刺さったまま大暴れなぞ、一体何の芝居の真似をしたのだ」と、口の悪い医者にも散々嫌味を言われ、すっかり割を食った恰好の啓治郎だが、気味が悪いくらい機嫌がいいから、放っておくことにした。

「弥生ちゃんが無事なら、他のことはどうでもいいんだから、啓治の奴は案外分かり易いよな」

楽しげに耳打ちしてきたのは、源太だ。

——俺が、引きつける。お前は逃げろ。

あの時、そう囁いた啓治郎の顔は、今も弥生の眼の裏に焼き付いている。

自分は二度と、啓治郎にも、他の誰にも、あんな顔をさせない。

弥生を守るために自分の身体を張る覚悟をした、どこか嬉しそうな顔。

冗談じゃない。

「やっぱり、少しは八つ当たりの矛先にでも、なればいいんだ」

「何か、言ったかい」

ひとりでに零れた憎まれ口を猪牙の客――進右衛門に聞き咎められ、弥生は慌てた。

「いえ、何でもごぜぇやせん」

「啓治郎の何に、腹を立ててるんだい」

「聞こえておいでなんじゃあ、ございやせんか」

腰を捻ってこちらを向き、進右衛門が笑う。

「まあ、美味しいところは奴が持っていったんだ。女将に八つ当たりされるくらいは、当たり前だろうね」

彦四郎の養父、大崎と手を組んで進右衛門が画策したのは、新たな世継ぎを押し立てることだった。進右衛門は弥生を守る為に、大崎は彦四郎の命を守る為に、二人は手を組み危ない橋を渡った。

進右衛門が父と袂を分かった時にはもう、二人の企みは全て仕上げを待つばかりになっていたそうだ。

来栖家当主の姉、お発の方の末息子を来栖本家へ迎える話は、前々からあった。ただ、立て続けに世継ぎが命を落としている家へ、息子を養子縁組させることに、お発の方がうんと言わなかった。聡明なお発の方は、自分の下の弟――南武来栖当主が何をしでかしたのか、薄々気付いているらしかった。

進右衛門と前の用人、大崎が頑ななお発の方を、危ういところで落とした。城代家老が表だって養子に入る息子につくこと、上の弟——来栖本家当主の信篤い大崎が末息子の後見として表向きに戻ること、この二つを約定して、ようやく首を縦に振って貰った。

来栖本家の正室を母に持つお発の方は、自らも北の方として西国の大名に嫁いでいる。そのお発の方の息子なら、妾腹の妾腹で、町人として育てられた弥生とは、血の濃さも、身分も違う。

城代家老も南武来栖も、弥生の綱引きをしている暇はなくなった。

これが、お昌から聞かされた「高輪大木戸前のどんでん返し」の顚末だ。

大詰めに鳴り物入りで乗り込んで、鮮やかにことを収めた立役者が、「美味しいところは啓治郎が持っていった」なんて、おかしなことを口にするものだ。

そんな胸の裡が顔に出たらしい。

やれやれ、と進右衛門が溜息を吐いた。

「弥生ちゃんは、男心も女心も分かっちゃいない」

「でしたら、あっしは何者なんでございやしょうね」

軽くかちんときて言い返した弥生を、進右衛門は寂しげな眼で見た。

「舌先三寸でその場を収めた奴より、身体を張って守ってくれる男に、娘たちは惹かれるのさ。それで怪我のひとつも負おうものなら、なおさら女心は傾くってもんだ。男も、そうやって惚れた女を守る方が、嬉しいしね」

するりと言われ、弥生は慌てて異を唱えた。

「啓治は、そんなんじゃありやせん」

じっと、進右衛門の深い瞳が弥生を見ている。何故だか、誤魔化す気にはなれなかった。

「あっしと啓治とは、男と女とか、相方の船頭とか、そんな言葉だけで済ませられるような間柄じゃぁ、ねぇんです」

細く長い息を、進右衛門が時を掛けて吐いた。

「啓治を憎からず思ってる。そう言われた方が、まだ安心できたよ」

だめだ。話が嚙み合わない。

間者との遣り取りで感じた虚しさとは違う、どこか華やいだもどかしさが、弥生の胸をざわめかせた。酷く居心地が悪くて、強引に話の向きを変える。

「政三さん、今はおちょうさんのとこへは戻らねぇそうですぜ」

「ああ、女将から聞いたよ。なかなか見上げた覚悟じゃないか」

元々あった借財は、反古になった。品川宿から戻った弥生に聞かされた政三は、すぐに猪牙を出してくれるよう頼んだ。

向かった先は、おちょうとおやいの住む、神田平永町だ。すぐさま会いに行くかと思いきや、母娘の穏やかで幸せそうで、ほんの少し寂しそうな姿を眺めながら、政三は弥生に囁いた。

――松波屋さんに立て替えていただいた金子をすっかり返すまで、二人とは会わねぇ。

おいら、そう決めたんだ。じゃねぇと、またおちょうに甘えて、親方をあてにして、同じことをしでかしちまいそうでね。少しはおやいに顔向けできる父親になりてぇじゃねぇか。

清々しい、いい覚悟だ。弥生はじんわりとした嬉しさを噛み締めた。

「これは女将に、私から弥生ちゃんに伝えてくれって言われたんだけどね」

真摯な声で水を向けられ、弥生は「へえ」と応じた。

「もしかしたら、かつて『とんずら屋』に関わっていたことのある奴が、南武様方に付いているかもしれない。今度のことの手の裡の透け様は、そうとしか考えられない。もう少し、詳しく調べるって言ってたけどね」

背中から冷水を浴びせかけられた心地に、弥生は櫓を放しそうになった。

かつて「とんずら屋」に関わっていたことのある奴。つまり、今は「とんずら屋」にいない者。

弥生が知る限り、ひとりしかいない。お昌が自分に伝えておいてくれと言ったのなら、なおさら思い当たる面影は、鮮やかになる。

弥生を江戸へ連れて来てくれた後行方知れずになった、松岡の御用宿『柏屋』のひとり息子。弥生が船頭になる切っ掛けをくれた幼馴染。揃って松波屋の名物船頭になろうと、言ってくれたひと。

仙太さん。

「弥生ちゃん。大丈夫かい」

気遣う進右衛門に、弥生はどうにか笑みを向けた。

今は、仙太を気遣っている時じゃない。

進右衛門を、父に歯向かわせた。啓治郎は大怪我を負った。松波屋を危ういところへ追い込みかけ、何の関わりもないおやいまで巻き込んだ。

南武方も城代家老も、一旦（いったん）は手を引いてくれたものの、弥生と母がすっかりお役御免になった訳ではない。来栖本家当主は、まだ自分たちのことを知らない。伝助が本当は何者なのかも、分からず仕舞いだ。

まだ、すっかりかたが付いた訳では、ない。

そんな時に、自分が動いてはいけない。

仙太さんじゃない。仙太さんは、「とんずら屋」を売るような人じゃない。

きっとどこか、違うところで、元気にしている。

不安を振り払うように、弥生は再び話の向きを変えた。

「ところで、若旦那（わかだんな）は『松波屋』でのんびりしていて、よろしいので」

盛大な溜息が返ってきた。

「昨日、親父殿から文が届いてね。まるで何もなかったかのように『もうしばらく、姫君をお守りしておれ』だってさ。とんだお調子者だよ、まったく」

「さすが、若旦那の父君、よく似ておいでででごぜえやすね」

澄まして応じたが、「おい、弥生ちゃん」と心底慌てた様子で言い返した進右衛門を見て、弥生はたまらず噴き出した。進右衛門も、微苦笑混じりだ。

「おや、雪だ」

「道理で、冷えると思っておりやした」

「のんびり『松波屋』へ戻ろう。雪見舟なんて、洒落てるじゃないか」

進右衛門に応じ、弥生は舳先を隅田川の中ほどへ向け直した。降り始めた雪を楽しむには、陸近くよりも、川の真ん中がいい。

細かな雪が、ちらちらと冬の川面に舞い降りては、音もなく消えていった。

裏

「おや、めずらしいこともあるもんだ。今日は私の勝ちだよ」

『浜乃湯』の二階で、市兵衛が嬉しそうに碁の相手へ話しかけた。

不覚、とばかりの顰め面で、碁盤を見つめている「草」を、からかう。

「そんなに弥生に疑われたままなのが、こたえてるのかい、親分」

目明しの伝助が、しぶしぶ顔を上げた。

「折角助けに入ったのに、『敵が来た』みてぇな顔をされたら、松岡の頃からお嬢さんを見守ってた者としちゃあ、へこみやす」

「そう、しょげるもんではない。いずれ、お前さんの正体を、あの娘も知ることになるんだから」

するりと告げた市兵衛を、伝助がはっとして見遣(みや)る。

「それじゃあ」

「お昌の後継ぎが啓治郎なら、私、『元締め』の後継ぎは弥生しかいない」

伝助は、応(こた)えない。

下から、湯屋の客が上がってくる気配がしている。

伝助が、厳(いか)つい指で碁盤に並んだ碁石を寄り分けながら、呟(つぶや)く。

「そいつは、先が楽しみで」

「ああ。くれぐれも、『吉野屋の若旦那』なんぞに、出し抜かれてはいけないよ」

「勿論(もちろん)でさ」

もう一局、いくかい。

誘った市兵衛に、伝助が「今度は、負けやせんぜ」と威勢よく答えた。


（了）

解説

大多和伴彦
（文芸評論家）

平成二十五年の春から秋のこの国の朝は、東京で陰湿なイジメに遭っていた女子高生が、東北地方で独り住まいの祖母が倒れたとのメールを受けた母親に連れられて、生まれて初めて北三陸地方を訪れるところから始まるテレビドラマに席巻（せっけん）されていた、と言っても過言ではなかった。

時に私たちは物語の終幕に幸福な体験をすることがある。

それは、たとえば映画や舞台ならば、ひとりの新人俳優のデビューに立ちあえた僥倖（ぎょうこう）を共有できた時——特に自分とは異なる性別の主人公に対し当初は、さして期待していなかったり、好みのタイプとは思っていなかったのに、作品を鑑賞しているうちに彼女（彼）の魅力にどんどん引き込まれて行き、エンディングでは、もうほとんど恋に落ちてしまったような心持ちになる……。

おそらく、ドラマの最終回へのカウントダウンが始まった今、この国の多くの人々がそのような「毎日会えていた愛する者との別れ」が近づいていることに慄いているのだ。しかし――ありがたいことに、私はこの国に蔓延するであろう（大袈裟だね）その喪失感から無事避難できるような気がしている。

なぜなら私は、新たな別のヒロインと出会い、彼女に心を鷲摑みにされてしまったから――その少女の名は「弥生」。本書『とんずら屋請負帖』のヒロインである。

このような体験は、正直言って初めてのことだった。仕事柄、おびただしい分量の本を――特に私の場合、仕事の主たる土俵がこの国のエンターテインメント小説なので、ラノベ、ミステリ、冒険小説、SFから時代小説まで、ジャンルを問わずかなりの物語を繙いてきた。だが、小説を読んで、右のような気持ちになったことはこれまで一度もなかった。

そして、文藝の世界で口を糊してきた経験に基づいて言えば、本作『とんずら屋請負帖』は紛う方なき傑作であると思う。

その理由を述べれば枚挙に暇がないのだけれど、筆頭にあげられるのは、物語の基本設定の面白さだろう。

永代橋界隈では羽振りの良い船宿として名を馳せている『松波屋』――二十九の女盛り・お昌が取り仕切るその店には、しかし、裏の顔があった。さまざまな事情から、何かから「逃げたい」と望む者を、なにがしかの金子と引き換えに逃がしてやる、という「とんずら」を請け負っていた。

時代ものに限らず、「人助けの裏稼業」は魅力的な題材だ。依頼主の希望を的確に叶えるのがプロの仕事――だが、「裏」の筋にすがってきたということは、そこになにがしかの危険は常につきまとうもの。物語は緊張感を緩めることなく進行することになる。同時に、依頼する側が纏うさまざまな人生模様は、物語に深みを与えることになる。

しかし、本作では、その基本設定に加えて主人公の少女がふたつの顔を持っていることがさらなる興趣を与えている。

お昌の姪にあたるのが弥生――いや、『松波屋』では、彼女は少女であることを封印し、藍半纏に浅葱の股引、月代のない束髪を吉原被りにした手拭いで隠しつつ、男言葉で客あしらいをする「弥吉」として暮らしていた。達者な竿裁きと、並みの役者も顔負けの美貌と姿の良さが評判の名物船頭となった経緯と、そのことがもとで、ひたひたと弥生に迫る危機――『松波屋』の「裏稼業」に縋ってくる者たちの人生を横糸に、そして、弥生の「秘密」を縦糸にして、この物語は織り上げられていく。

躊躇なく「傑作」と太鼓判を押した理由のふたつめは、人物描写のきめ細かなこと、確かなこと、である。

作者は、本作に登場する人物のひとりひとりを実に丁寧に描いていく。物語を動かすための「駒」として生み出された者はひとりも出てこない。それが実に好もしい。

そして、主人公・弥生の揺れる心情も、細やかに綴っていく筆致――。

弥生は、男として一生を全うしようと決心しているわけではない。粋で鯔背な船頭姿はあくまで世を忍ぶ仮の姿。ちょうど本書が刊行される秋ごろならば、年ごろの娘らしく「黄八丈の小袖（こそで）に紅の簪（かんざし）」で装ってみたいお年ごろの乙女、それが「弥生」の本来の姿だ。

彼女の「弥生」としての顔を知る数少ない人間のうちのひとり、船頭の合い方として、「裏の仕事」では相棒として行動を共にする啓治郎とのやりとりは、本作の素晴らしさを示す好例である。たとえば、物語序盤のこんなシーン――。

「手に余る仕事なら、最初から女将（おかみ）さんはおいらを呼びやしない」

似たような言い合いはしょっちゅうだ。弥生を見下ろす啓治郎の瞳も、変わらない。なのに、弥生だけがいつまで経っても慣れない。心配してくれる啓治郎に苛立ち、この瞳で見つめられてどぎまぎする。

弥生がやせ我慢をしていないか見透かし、それでも心配なのだと告げてくる。そして、言い出したら聞かない弥生に諦（あきら）め、いざとなったら自分が一切引き受ける、と心に決める。

啓治郎の瞳の色は、少ない口数の分おしゃべりだ。

それじゃだめなんだってば、啓治さん。

弥生は胸の裡で啓治郎に訴えた。

啓治郎は、一家で「とんずら屋」の世話になろうとした矢先、追っ手に見つかり惨殺された家族の唯一の生き残り。亡くした妹と同じ歳の弥生に注ぐ眼差しには特別のものがあった。

弥生もまた、啓治郎に対して信頼と親愛と、そして、それを超越しかける別の淡い想いが胸を過ることがしばしばだった。その複雑な心情を、彼女の台詞と心の中の呟き――口に出す男言葉と、素に戻っての娘言葉が、絶妙なタイミングで錯綜しながら綴られることにより、愛おしく、切ない弥生の心の震えがビビッドに描かれていく。それが実に上手い。

また、主人公たちが手引きをする「とんずら」のミッションのバリエーションの豊かさと、そこで醸し出されるサスペンス。さらに、人情の機微――長くなるので直接の引用はしないが、本書百九十五ページの半ばから始まるおちょうという女性が語る自分の亭主への文句のくだりは絶品だ。「ぼうふらみたいな男」とこき下ろす言葉の裏に滲む未練と悲哀――おんな心の微妙さが的確に描かれたシーンだが、同時に、それを耳にする弥生自身の「成長」も示される巧みさがこの場面にはある。

さらに、四季の移ろいとともに変化する八百八町の風情の美しさ、現代では失われた闇の深さを、丹念に描いているくだり。

東に隅田川、南には、竹矢来が立てられ警固も置かれている浅草御蔵、西は御用地。

三方を隔てられているせいで、闇の色も静けさも、三好町は他の町場より濃密に澱みがちだ。

とろりとした新月闇が凝り、二人の男の姿をとった。

こんな時代物ならではの語り口に心地よく酔えるのも嬉しい。

そして、通奏低音のように、六つの物語に横たわりながら次第に明らかになっていく「謎」——それらのすべてが、絶妙のバランスを保ちながら語られることによって、「弥生」の輪郭はより明確になって行き、本作の終盤では、彼女は私たちの目の前に登場した瞬間とは異なる、成長を遂げた姿を見せてくれる。

物語の最後の見開きページで、降り出したばかりの細かな雪片が、吸い込まれるように川面に落ちていく隅田川へと漕ぎ出す弥生、いや弥吉の艪さばきが、心なしかこれまで以上に軽やかに感じたのは私だけではないだろう。

今回本書で角川文庫初お目見えとなった著者・田牧大和氏は二〇〇七年「小説現代長編新人賞」を『色には出でじ　風に牽牛』で受賞してデビューした（『花合せ——濱次お役者双六——』と改題して単行本化）。選考委員のひとり重松清氏をして「選考者の立場を忘れて夢中になって読みふけった」と言わしめた逸材。以来、時代小説作家として健筆をふるい続けている。

田牧氏がこれまでものした作品には、陰陽師、よろづ屋、定火同心にして絵師だった歌川広重など魅力的な主人公設定の作品が目立つが、それらの単発作品に加えて、田牧氏にはシリーズ化している作品が多い。デビュー作は「お役者」シリーズとしてすでに三冊を刊行、その他にも、若き日の遠山金四郎、鳥居耀蔵、水野忠邦が活躍する「三悪人」シリーズ、女錠前師・緋名が活躍する「からくり」シリーズなどなど、しっかりしたご贔屓筋がついて巻を重ねている作品が多い。これは、田牧氏が生み出すキャラクターがいかに魅力的であるか、の証左であると言えよう。

さて、弥生と彼女を見守る者たちに関わる、すべての問題が本作の中で解決したわけではない。まだ「とんずら屋」の「請負帖」には余白が多過ぎる――と思いながら本書を読み終えたところで嬉しい知らせが。本作の続編がこの暮れに角川文庫から刊行されるそうだ。だから、私は十月になっても喪失感に苛まれずに済みそう、なのだ。年末の弥生との再会を日々の心の糧に出来るのだから。

平成二十五年九月

本書は二〇一二年一月に小社より
単行本として刊行されました。

とんずら屋請負帖

田牧大和

平成25年 10月25日　初版発行
令和6年 11月25日　10版発行

発行者●山下直久

発行●株式会社KADOKAWA
〒102-8177　東京都千代田区富士見2-13-3
電話　0570-002-301（ナビダイヤル）

角川文庫 18195

印刷所●株式会社KADOKAWA
製本所●株式会社KADOKAWA

表紙画●和田三造

ISBN978-4-04-101036-5　C0193

角川文庫発刊に際して

角　川　源　義

第二次世界大戦の敗北は、軍事力の敗北であった以上に、私たちの若い文化力の敗退であった。私たちの文化が戦争に対して如何に無力であり、単なるあだ花に過ぎなかったかを、私たちは身を以て体験し痛感した。西洋近代文化の摂取にとって、明治以後八十年の歳月は決して短かすぎたとは言えない。にもかかわらず、近代文化の伝統を確立し、自由な批判と柔軟な良識に富む文化層として自らを形成することに私たちは失敗して来た。そしてこれは、各層への文化の普及滲透を任務とする出版人の責任でもあった。

一九四五年以来、私たちは再び振出しに戻り、第一歩から踏み出すことを余儀なくされた。これは大きな不幸ではあるが、反面、これまでの混沌・未熟・歪曲の中にあった我が国の文化に秩序と確たる基礎を齎らすためには絶好の機会でもある。角川書店は、このような祖国の文化的危機にあたり、微力をも顧みず再建の礎石たるべき抱負と決意とをもって出発したが、ここに創立以来の念願を果すべく角川文庫を発刊する。これまで刊行されたあらゆる全集叢書文庫類の長所と短所とを検討し、古今東西の不朽の典籍を、良心的編集のもとに、廉価に、そして書架にふさわしい美本として、多くのひとびとに提供しようとする。しかし私たちは徒らに百科全書的な知識のジレッタントを作ることを目的とせず、あくまで祖国の文化に秩序と再建への道を示し、この文庫を角川書店の栄ある事業として、今後永久に継続発展せしめ、学芸と教養との殿堂として大成せんことを期したい。多くの読書子の愛情ある忠言と支持とによって、この希望と抱負とを完遂せしめられんことを願う。

一九四九年五月三日

角川文庫ベストセラー

ちっちゃなかみさん　新装版　平岩弓枝

向島で三代続いた料理屋の一人娘・お京も二十歳、数々の縁談が舞い込むが心に決めた相手がいた。相手はかつぎ豆腐売りの信吉。驚く親たちだったが、なんと信吉から断わられ……豊かな江戸人情を描く計10編。

湯の宿の女　新装版　平岩弓枝

仲居としてきよ子がひっそり働く草津温泉の旅館に、一人の男が現れる。殺してしまいたいほど好きだったその男、23年前に別れた奥村だった。表題作をはじめ男と女が奏でる愛の短編計10編、読みやすい新装改版。

千姫様　平岩弓枝

家康の継嗣・秀忠と、信長の姪・江与の間に生まれた千姫は、政略により幼くして豊臣秀頼に嫁ぐが、18の春、祖父の大坂総攻撃で城を逃れた。千姫第二の人生の始まりだった。その情熱溢れる生涯を描く長編小説。

大奥華伝　平岩弓枝・永井路子・松本清張・山田風太郎他　編／縄田一男

杉本苑子「春日局」、海音寺潮五郎「お万の方旋風」「矢島の局の明暗」、山田風太郎「元禄おさめの方」、平岩弓枝「絵島の恋」、笹沢左保「女人は二度死ぬ」、松本清張「天保の初もの」、永井路子「天璋院」を収録。

夏しぐれ　時代小説アンソロジー　編／縄田一男　平岩弓枝、藤原緋沙子、諸田玲子、横溝正史、柴田錬三郎

夏の神事、二十六夜待で目白不動に籠もった俳諧師が死んだ。不審を覚えた東吾が探ると……。『御宿かわせみ』からの平岩弓枝作品や、藤原緋沙子、諸田玲子など、江戸の夏を彩る珠玉の時代小説アンソロジー！